感恩、感謝、感言

兔兒自幼來港，由與心上人相遇開始到拍拖並結婚生兒育女，生活幸福美滿，殊不知天有不測之風雲，人生有福亦有禍，身邊人罹患病痛，飽受煎熬。在人生低谷之際，得到以下有心人伸出援手，尤其是醫護朋友的用心護理救治，令兔兒此生銘感於心！

謹向以下好友致謝（排名不分先後）：

腦科馮正輝醫生

心臟科趙志旋醫生

呼吸科陳真光醫生

心臟科李沛然醫生

針灸中醫周杰芳博士醫師

西醫吳鋆煒醫生

針灸中醫王玲醫師

蘇麗冰女士

兒流浪記
之一生傳奇

書名：**兔兒流浪記之一生傳奇**

作者：陳佩芝

出版策劃：尹健文

總 編 輯：何德敏

校　編 ：蘇漢培

美術編輯：尹建銘

美術構成：李頌宜

封面設計：林麗葹

插　畫 ：林麗葹

出版發行：香港新華書城出版有限公司

地址：香港九龍紅磡鶴園街 2G 恆豐工業大廈第一期 4 字樓 A1 座 J 室

印刷：香港美迪印刷公司

版次：2023 年 7 月第一版第一次印刷

國際書號 ISBN：978-988-799095-6

售價：HK$138

兔兒流浪記
之一生傳奇

陳佩芝 作者

作者簡介

陳佩芝，潮州澄海人，五歲隨母親來港，只讀到小學三年級，九歲已打工養家，十六歲結婚，憑藉要創一番事業的決心，在香港打拼，曾擁有超市、餐廳及一度擁有數間分店的地產代理，當時手握多層物業，後來因丈夫重病，將家財變賣為丈夫治病，並放棄辛苦建立的事業，專心照顧丈夫。可惜十年後丈夫最終不敵病魔辭世，她仍勇敢堅強，積極面對人生。

目錄

我的事業

悉心照顧喬林的十年

然後

後記

序

八月天，馬上到中秋了，每天夜裏，我總是喜歡仰望天際明月，傳說中月中有兔兒，那兔兒是我嗎？桂樹旁邊那魁梧的吳剛又會是他嗎？看著看著，月亮中的影子動起來了，在我的眼前映出了一幅幅影像，是過去？是現在？是未來？

我不想忘記也知不會是現實，將來可以嗎？但願是，我更希望月亮中美好的影像會投放到地球村上每個角落，家庭和睦，夫婦相敬如賓，情侶手牽手互相扶持，不爭不鬥，不離不棄，永永遠遠...

一個"潮州妹"五歲南漂香江，扎根成長的傳奇，記載著小小的驚情；刻骨銘心的愛情；濃濃的父母手足情；君子之交淡如水的友情...

我叫陳佩芝，兔年在潮汕澄海出生，因為在兔年出世，母親老是叫我"兔崽子"，於是我也自稱兔兒。現在就由我給大家講述我的大半生，平淡中帶點甜酸苦辣的數十載歷程——我的傳記。先講一下我的故鄉及父母親吧～

兒流浪記
之一生傳奇

我的童年

我在故鄉的童年

我的父母並不是盲婚啞嫁,是自由戀愛結婚的,在他們的年代算是前衛了。他們倆本是同鄉,年少的時候就認識,早就互生情愫。

父親因為祖父早逝,很年輕就出來工作,聽說香港工作機會很多,為了多賺點錢,於是便隨他的姐姐由澄海到香港謀生,兩人合作在香港做魚飯生意,他每次回鄉都總找藉口見一見母親。

工作雖然很辛勞,父親仍很努力,在香港工作多年之後,積攢了一筆老婆本,準備成家立室。父親在香港並沒有結識新女友,念念不忘在鄉間的母親,終於回鄉與母親共諧連理。

婚後，父親留在澄海生活了一段時間，我們三姊妹相繼出世，我是家中的老大。

五歲來港前，兒時在澄海生活，只有淡淡的印象。澄海是廣東省汕頭市的一個市轄區，就在南海之濱的廣東東南部，它是廣東省著名的僑鄉之一，中國重要的玩具生產基地，屬於汕頭經濟特區的一部份。在遠古時代大部份地方都在海裏，後來才逐漸沖積浮聚成為陸地。以前潮汕都屬潮州府，所以我們都會叫自己潮州人。

鄉間的生活是愜意的，我記得我們是住在"四點金"，"四點金"是潮汕風俗的獨特建築，建築物的四角上各有一間其形如"金"字的房間壓角而得名。"四點金"的建築格局跟北京的四合院類似，是中國歷史最悠久的住宅建築形式之一。格局就是一個院子四面建有房屋，從四面將庭園合圍在中間形成一個口字形。

我記得我們的家，中間有一個天井，種了點植物；還有一個雞棚。天井是我們姊妹幼童時代的樂園...我們時常在天井跑來跑去，有時又去餵小雞，有時又互相追逐，嘻嘻哈哈的又過一天，天井老是充斥著我們的嬉笑聲。

印象中，我還是三歲孩兒吧！那天天氣熱得很，我坐在雞棚前的小板凳納涼，雖然我束著小丫髻，額上的汗珠還是

一直往下流，流到我的嘴角，鹹鹹的。看著小雞在地上啄食，伴隨著輕輕吹拂的涼風，我開始昏昏欲睡，就在我好夢正酣的時候，我隱約聽到媽媽的叫喊聲。

「兔兒呀！幫我去爸爸那兒拿點魚兒回來做晚飯吧！」

半夢半醒的我，唯唯諾諾的應著：「嗯嗯！」又繼續尋夢。

忽然我又聽見母親在我耳邊輕聲的說：「你聽見沒有啊！」

她邊說邊輕輕的搖動我的身體。我睜開惺忪的睡眼，就看見母親拿著用來盛魚的小籃子，蹲在我身旁。我咧嘴笑了一下，接過母親手上的小籃子，踢著木屐跳蹦蹦地出門去！

當時父親是在漁市場（街市）賣魚養家的，平日下午，母親老是叫我去父親的檔攤，拿一些魚兒回家做晚餐，我滿喜歡做這件差事，畢竟能攞正牌上街，對小孩子來說還是一件樂事。

街市離家不遠，就是一條直路，離開四點金，穿過球場，再走一段小路就到了。所以，母親還是很放心讓我一個人出門，現在回想起來，一向對我們愛錫有加的母親，所以讓我一個人出門，可能是當時妹妹太小了，不方便帶著她跑來跑去吧！

17

這次，我照常去攞魚，看到父親攤檔上銀光閃閃的魚小隊，我就立馬跑到魚隊總司令身邊喊道：「爸爸！」

爸爸慈祥的笑了一下，拿著我帶去的小藍子問我：「今晚想吃什麼魚呢？」

我呆頭呆腦，亂點一通，爸爸看了我一眼，就將小藍子盛滿魚兒再交回給我，然後說：「回家的時候要小心啊！」

我拿著沉甸甸的籃子，吃力的走著，走到在球場邊，突然"砰"的一聲，就吃了一記波餅，我暈頭暈腦，跟著手一鬆，"噼啪！"整籃魚都丟在地上，撒滿一地。我又痛又怒，四處張望找兇手，當然是不會有人跑出來自首；耀眼的陽光反照在魚兒身上特別刺眼，臉上掛著的已不知是淚水還是汗水，我也管不了頭上的痛，只揉一揉額頭，就費勁地將魚兒逐一撿回，還被魚鰭刺了幾下，狼狽得很。

從此以後，我就很怕行近球場，即使後來我領我的小孩到球場玩耍時，我也會下意識的左顧右盼。

小時候鄉間的記憶其實也挺模糊的，但我還是記得一些小故事。

我記得有一次我惹出了一場小火災，現在回想起來，仍有點心怯。這故事也是發生在某次我從爸爸那裏拿魚回來之後的事情。因為要幫補家計，母親會到附近的鄰居幫忙當"奶媽"賺點錢。這天，媽媽燒開爐灶煮飯就出門去，臨行前吩咐我要看緊爐火，千萬別讓柴火熄滅。

現代人，聽到柴火做飯，兩眼發光，連連說"正喎"！其實，當年鄉下家家戶戶，基本上都是使用柴火來做飯的。所謂的柴火灶就是用土石磚頭砌出來的土灶，上面放一個大鍋，下面就用來燒柴火。

記得媽媽說如果爐火開始變細的話就加點樹枝、樹葉，我聽著柴枝在灶裏"噼嚦呼啦"的響著，柴火的煙把我的臉也烘得通紅，我緊守崗位，牢牢的看著爐火。突然，不知哪裏來的一陣風，把星火從灶中吹起，點著了旁邊的乾樹枝。

「哇！救命呀！」我吃驚的大叫。

我手忙腳亂地找來盛水的器皿潑水救火，幸好火勢不大，很快就把火撲熄了。家裏的人聽見我的叫聲，都跑過來，看見樹葉的灰燼，都嚇壞了，連忙問我有沒有事，還說我醒目，否則焫著其他東西就不得了。

母親回家後，不但沒有責怪我，還緊緊的抱著我，緊張的問我有沒有受傷。

因為有這樣的記憶，我後來在香港又遇到一次小火，我嚇得不行了，只能眼睜睜的看著家人滅火。

我兒時記憶中的母親，一直很溫柔，一頭短髮掛在她美人胚子的臉上，非常合襯。我還一直以為母親是不用休息的，因為我每天醒來，她已經在做家務，我還小的時候，吃完晚飯不久，父母都會催我們快點去睡覺，所以，我並不知道母親何時上床休息。

只記得有一次我半夜醒來，看見父母的房間還有點點的燭光，還聽見父親對母親說：「早點休息吧！工夫明天做也可以啊！」

「哦！我想幫寶寶多縫一點衣服，你白天工作辛苦了，你早點休息吧！」

又過了不久，我聽到媽媽說：「你真的要到香港去嗎？」

「嗯嗯！妹妹要出世了！我想回香港多賺點錢⋯⋯」

後來，父母還嘀嘀咕咕的說了點什麼，我也想不起來了。

"香港"是我第一次聽到的名字，但當時我並沒有想太多，心裏只惦念著母親為什麼只為妹妹縫新衣呢？過了沒多久，父親又和姑媽到香港去做生意，年多兩年才會回來一次。

每次聽見母親說父親要回來我還是很盼望的，特別是過春節的時候。

我本來並不喜歡冬天，因為冬天天氣很寒冷，穿著厚厚的棉衣，活動起來特別不便。但過春節是例外的，我很喜歡過春節，因為春節我們可以穿新衣服、新鞋子，還有很多很多過節的食物，家家戶戶又會在家門張貼揮春、掛上紅燈籠，還有那一串串長長的炮竹。因為曾經遇過小火，所以，每當人家要點起炮竹，我也會遠遠的躲起來，但聽著炮竹霹靂啪啦的，我還是很興奮的。

父親在春節回來的時光，到現在依然深刻。過春節前的幾天，我看著大人們很忙碌地準備過節的物品，我偶爾也會爬上小木椅，看看母親放了什麼東西在桌上；那天，母親剛剛從外面回來，放了一個紅色的小包在桌上。

我聽見外公問母親：「是今天回來嗎？」

「呀！應該就到了。」母親開心的答道。

我也很雀躍的問母親：「爸爸嗎？爸爸是今天回來嗎？」

「對啊！」母親溫柔地回答說。

言猶在耳，我在屋子裏就聽到父親從遠處傳來的呼喚聲，

「我回來了！」

聽見父親的聲音，我那雙小足，就像不隨意肌那樣，自動的往門外跑。妹妹看見我跑，她也興高采烈地跟在我背後跑，我們在門前翹首，望著路口，看見那熟悉魁梧的身形出現，我就急急的跑去抓著父親的袖口。

我連蹦帶跳的大叫：「爸爸！爸爸！」

父親雖然兩只手也拿著大包小包，連兩脅也夾著兩個小包裹，仍嘗試伸出他的手指拍拍我的頭。

「好了！好了！讓爸爸先進屋才說吧！」母親笑著說。

不知何時，母親也走了出門外，她邊說邊幫爸爸拿起大包小包的東西。我們就嘻嘻嚷嚷的拉著父親進屋。

父母親將大包小包的東西全放在桌上，放不下的就擱在桌邊；我抬頭望一下父母，我看見他們相顧而笑，父親輕輕的將雙手搭在母親的肩上。

父親溫柔的對母親說：「我回來了！」

母親臉上露出幸福的笑容，也沒說什麼。父親將桌上一些包裹遞給母親，嘴裏說這是什麼什麼的，又指著桌上的包裹說：「這是給岳父岳母的。」

我也沒有再細聽父親說什麼，只是一個勁兒和妹妹亂翻桌上的包裹，尋找可能屬於我們的禮物、衣服、零食⋯⋯。耳邊又傳來母親的聲音。

「怎麼又買那麼多東西回來呢？」母親裝著生氣的樣子對父親說。

「過節嘛！我會努力多賺點錢。」父親吃吃笑笑的說道。

那時候，心中的香港是何等美好的，因為父親每次都帶那麼多禮物回來。當時我想，香港那麼好為什麼父親不帶我們去呢？

快樂的時光永遠都是那麼短暫的，每次父親要離家到香港，我們都是哭哭啼啼，扯著父親不讓他離開。

妹妹哭著說：「爸爸，你把我也帶上吧！我要跟你到香港。」

母親看見嚎哭的妹妹，就會拍拍她的背，拿出身上的手帕，這手帕是父親買回來給母親的，母親平日也捨不得用，一直摺得很整齊的放衣箱內，只有父親回來時她才拿出來。

母親用手帕揩了揩妹妹臉上的眼淚，然後安慰她說：「爸爸到香港工作是為了養家，跑到老遠的地方賺錢很辛苦的啊⋯⋯他在那邊很忙的，沒有時間再照顧我們的⋯⋯。」

萬里尋父

後來,在三妹出世後不久,我就聽到母親說已申請去香港和父親團聚了。

有一天,吃晚飯的時候,我聽到外公帶點勞氣的說:「你一個女人,要怎樣帶著三個小孩子上路呢?細妹才幾個月大⋯⋯ 還是等居委會申請的結果吧!要不等兔兒爸回來一起走吧!」

「現在要申請通行證到香港越來越困難了,我聽外面的人說現在每天只准幾十人到香港,而且就算通過居委,還有街道、公安,實在太困難了。他又不知道什麼時候能回來?既然批准了去澳門 ⋯⋯ 那裏去香港也不是很遠,很多鄉里也是這樣到香港的,我看應該沒問題吧!」母親邊說邊夾餸給外公。

「但是....」外公還想說點什麼，母親搶著說：「別說了！孩子都在。」

屋子裏氣氛寂靜起來，大人們都默不作聲，剩下的只有碗筷碰撞的聲音。當時，我心想父親經常也是來來回回的吧！為什麼外公這樣擔心呢？

我不知道正在等著我的是一段驚險的尋親之旅。

母親忙了一頓收拾好行李之後的一天清晨，一大清早母親就把我們從床上拉起來說要出門了。外公已在外面等著，踏出家門的時候，天邊才露魚肚白色，太陽還沒有全升起來，天空就如同我複雜的心情，第一次離家就像當時眼前朦朧的霧，總覺得茫然不知所措，但一轉念想到以後可以和父親一起生活，心裏就像慢慢升起的太陽，又興奮起來了。

母親抱著還是襁褓的三妹，一隻手拖著二妹；外公一手抱起我往背上一兜狠住我，手裏拿起母親放在門前老早收拾好的大布包，領著母親逕往汽車站走去，我摟著外公的脖子四處張望，遠遠就看見站頭熙熙攘攘的一群人在那裏鑽來鑽去。

外公把我放下，將布包交給母親，叫我們站在汽車站的一旁，他就跑到不遠處的服務台前，跟那邊的叔叔嘰哩咕嚕

的說了一陣子，之後就巔巔巍巍的跑回來，拿著幾張小票跟媽媽一起比手劃腳地研究著，然後指向一輛沾滿泥塵，隱約看見藍白色的公車。

外公嚷道：「嗯！是那輛車了！快走，時間快到了，你看人們都開始上車了。」

外公一手拿起母親手裏的布包，一手拖著我向汽車方向邊走邊說，母親拖著妹妹跟在我們身後。

外公和母親一路上都很沉默，幾乎沒有交談，但臨上車的瞬間，他們都按捺不住了，外公眼濕濕，眼泛淚光。

「不要勉強，真的不行就回來吧！」

母親的眼淚已奪眶而出，淚珠隨著母親點頭一滴滴的掉落地上。

外公低下頭對我說：「不要四處張望，要聽話，要緊跟著母親，還要幫忙照顧妹妹呀！」他拖著我的手，再望望母親和我們幾姐妹。

最後，外公拍拍我腦瓜說：「上車吧！」

擠上車後，車上已坐滿人，母親說人太多了，小朋友不能佔一個座位，叫我坐在她旁邊通道上的小板凳上，我剛坐好，就聽見車子叫了幾聲，引擎聲開始低鳴，我知道車子要開了，趕緊站起來，踮起腳尖，企圖探看在窗外的外公，但因為我個子小，離車窗又遠，我完全看不到車外的情景，我索性爬上母親的座位邊再張望，終於在道別的人群中看到外公，他使勁地向我們揮手，我也拼命揮動我那雙小手。母親說公車要開了，叫我快坐好。

隨著笛聲長鳴了幾下，公車決絕地駛出了公交車站頭，母親淚眼未乾，回頭望著車尾窗外，我也隨著她的動作，轉頭看著車尾，但因為車廂擠滿了人，我個子又那麼小，我只能看到很多很多的人頭和後車窗外樹上的樹枝，已經完全看不見外公，我只能失望地轉回頭看著車前擋風玻璃的風景。

「好吧！免兒流浪之旅正式開始。」我暗忖道。

其實我那時哪知什麼是流浪呢，只是聽人說過，拾人牙慧吧。車子飛快的行駛，間中會有樹枝拍在車窗上發出啪啦啪啦的聲音，巔簸的車路，把我拋得上下上下跌盪著。公車開行了一陣子之後；三妹睏了，躺在母親的懷中，二妹就倚著母親睡著了，我呢，就像受傳染一樣，一頭挨著母親的大腿旁打盹。

也不知道過了多久，耳邊傳來嘈雜的聲音。

母親拍打著我的臉龐喊道：「兔兒呀！快醒來吧！到了！
到了！要下車了！」

我還來不及反應，已經被坐在車廂後面，爭先恐後的叔叔
嬸嬸向前推，幸好，母親一把扯了我到她身旁。

「來吧！幫我拖著二妹。」母親邊說邊把二妹抱到我旁
邊，我連忙伸手抓緊妹妹的手。

「走，我們下車去。」

也不知何時，母親已抱著三妹，挽著行李了。我還記得
公車的梯級很高，我基本是跳下去的，二妹是怎樣下車
我已經想不起來，總之，就是安全下車了。母親說我們
到碼頭了。

外公這幾天已經不停重複我們 "流浪" 的路線，先乘公車
再到碼頭乘船，大船小船什麼的，總之跟著母親走就是。
所以，我對碼頭這二個字不陌生，接下來就要看看大船的
樣子。

我拉著二妹的手，在母親身後並排而行，坐船的位置也很易找，只要跟著剛才下車熙熙攘攘的人群走就是。

因為剛才乘了很久的公車，腿一直沒法伸展，在路上這樣走著，反而很輕鬆。

走著走著，就看見我們要坐的那艘船，是一艘很大的船，比我以前看到過的船都大，更重要的是，它將載著我、母親和兩個妹妹去找父親團聚。

我凝神貫注，目不轉睛地看著這艘船，看著一個一個拿著小包、大包行李的人，沿著連著船的梯級拾級而上，慢慢的看得著迷了。

「免兒，我們要上船了！」

我聽見母親在我背後傳來的聲音，我回過頭望著母親手抱著三妹，左肩狽著行李，二妹拉著母親的手，我笑了笑就跑到母親身後，扯著她的衫尾，跟著她上船。

船上已經有很多人了，有些人倚著船欄與岸上送船的人道別，有些人則在抽菸，有些小孩子在船上跑來跑去。母親在靠船艙邊選了個位置，拉我們坐下，坐好。

伴隨著吆喝聲，船兒緩緩的離開碼頭，朝著大海駛去。

我看見有些人手上捧著熱烘烘的大碗，不知道裏面載了什麼食物呢？這船真大呀，原來還有賣食物的地方。

坐在船上，我也不知道船是否前行，只聽到船的馬達轟隆隆的響著。我看到船上有人在嘔吐，母親說她暈船浪了，旁邊的人遞了一瓶藥油給她塗搽。

「蔚藍色的天，天氣真好！很適合流浪。」我悶得發慌，胡亂的想著......

想不到一段流浪之旅正在醞釀著。

後來，遠處傳來一陣陣的說話聲，甲板上的人走進來說：「看到岸了，好像就到了！」隨著"嗚嗚"兩聲汽笛吼聲，船準備泊岸了。人群開始起哄，陸續向船的出口前行，我也抓著母親的衫尾，隨著大夥兒的步伐慢慢前行......

隨後的記憶有點模糊了，畢竟當時我只有五歲，又經過這麼長途的旅程。矇矓的記得，我和母親又站在岸邊，海浪拍打著岸邊，泛起朵朵浪花。

我看到母親把三妹交給一個站在船邊，身型瘦削的叔叔，

叔叔轉身就將三妹拋給泊在岸邊小木船上的人，我嚇得叫了一聲，那叔叔朝我狠狠的瞪了一眼，將食指放在嘴邊狠狠的對我說：「不要做聲！」母親也連忙用手蓋著我的嘴說：「沒事的，不用怕！別做聲，媽媽在這裏。」

母親對那叔叔輕聲說了句對不起，那叔叔邊抱起二妹遞給船上的人邊吱吱喳喳的又說了點什麼，像在怪責母親沒制止我亂叫，當時我嚇得不輕，驚惶未定已被那叔叔抱起，遞了給船上的叔叔。

我還記叔叔的手拂過我的臉，很粗糙的。

最後母親也上船了，是一艘頗殘舊的小木船，船上擠了幾十人，有老有嫩。岸邊那個兇兇的叔叔也上船了，他輕聲吆喝著叫船上的人都坐到船艙裏，還恐嚇我們小孩子不要出聲，那個小孩出聲，就把他拋落海。

幾十人就像一群螞蟻聽著指揮，一個個往船艙走。

船艙的空間很狹小，又放了一桶桶不知什麼的東西，幾十個人只能迫在一起坐在一角。狹小的空間加上大堆的人氣，船艙的空氣異常侷促，不時傳來咳嗽聲和小孩飲泣聲。

我有沒有哭呢？現在也想不起了，只記得船艙點著一盞昏黃的火水燈，燈子隨著船的擺動輕輕搖晃著，它的燈光暗得連母親的臉我也沒法看清楚，幸好母親一路緊緊的擁著我。

母親的體溫加上船艙密不透風的高溫，弄得我大汗疊細汗，衣服也半濕著，臉上和身體的汗水，將母親的衣服也沾濕了，但我仍牢牢的倚著母親。

忽然一陣清涼的海風飄入船艙，船艙的門打開了。

我看到火水燈的燈光，剛才的兇叔叔提著燈搖搖晃晃的走進船艙，他扶著船邊，慌張的吩咐大家不要作聲，然後又急急的離開了。

船艙門"嘭"的一聲再次關上，船艙又回復漆黑和悶熱。大夥兒都默不作聲，緊張的氣氛伴隨悶悶的空氣，一直瀰漫著整個船艙，四周剩下的，只有船身隨著海浪上下搖動而發出的"吱吱"木板摩擦的聲音。

時間過得很慢很慢，就像過了一整年。忽然，船身劇烈搖晃著，船底好像撞擊著什麼似的，小孩子都不由自主地發出驚叫聲，大人們趕緊掩住小孩的嘴，氣氛非常緊張，然後船就靜了下來。

船艙的門再次打開了，兇叔叔再沒提著燈了，外面的天色開始泛白。他很急躁的揮動著手說：「到了！到了！快出來！」

大家忽然很興奮，船艙充滿著高興的笑聲和吵鬧聲，有的人興奮得互相擁抱，我看到一個梳孖辮的大姊姊開心得哭起來了，我特別記得那姊姊，因為她的孖辮束著我最喜愛的蔚藍色絲帶。

那個瘦削的兇叔叔一直繃緊的臉，雖然仍沒半點笑容，但那雙嚇人的目光已不復見。他淡淡的說：「高興什麼？還有山路要走，快走啦！慢吞吞的，要吃完飯才走嗎？那麼興奮，講明喇！如果半路你們有那個跟不上我可不理會呀！」

離開密封的船艙後，我大口大口的呼吸著新鮮的空氣，我並不知道我在哪裏，只因為周圍的人看來都很高興，我也變得高興起來。眼前是一個長滿茂密樹木的高山，附近還有小溪。

正在回氣的我，又聽到兇叔叔說：「這邊，這邊，快跟著走！」猈著三妹，一隻手拖著二妹的母親，伸出手對我說：「兔兒，來！要走了！」

我就像要跟小船道別似的，回頭看了看載我們來這裏的小木船和一望無際的大海。呀！天空是蔚藍色的。然後我趕緊跑去拖著母親的手，跟隨船上的人群往山路走。

母親受傷　兔兒流浪

我們一路往上山的方向走，爬得越高山路越難走，我的手已被樹枝劃了多下，如果不是母親一路叫我忍耐，我早已哭出來了。

山路越來越窄，我已經不能拖著母親的手走，只能緊隨在她的身後，母親背著三妹，邊拖著二妹半走半爬的拾步而上，邊回頭看看我有沒有緊跟在後面，自己可否爬上來，冷不防路旁的石頭突然鬆脫，狠狠的敲中母親的腳踝，我看見母親的腳流著血，很多很多的血，我大驚，又急又怕，除了放聲大哭已不知可以做什麼。

前面的叔叔嬸嬸聽到我的哭聲都回頭看，看見母親血流如泉，就趕緊跑回頭，幫忙照顧我和二妹，又抱起母親背上的三妹。我清楚記得痛得眼淚直流的母親雙手是緊緊抓著路旁的樹根支撐著，當時如果母親沒使勁抓緊，腰一向後彎，背著的三妹就會從後撞中我，我和三妹也會受傷。

好在發生意外的地方附近有一處較平坦的地方，嬸嬸扶著母親到那裏止血，母親沒理會仍流著血的腿，只顧回頭安慰跟在她身後的我說：「兔兒別哭，媽媽沒事！」我看見前面斑斑點點的血跡，我又失聲痛哭了。嬸嬸扶母親坐下，幫她止血。

「妳真厲害，一個女人帶著三個孩子來香港。」嬸嬸幫母親草草包紮了一下，說：「應該止血了。」

「喂！那裏為什麼停下來？」耳畔又傳來那個兇叔叔的吆喝聲，「再不快走，走失了我可不理你們。」

「我們快走吧！」那位好心的嬸嬸旁邊的叔叔說。

「可是...」嬸嬸很擔心的說。

「她已經止血啦，我們都自顧不下，還去理人家。」叔叔邊說邊扯著嬸嬸繼續向前走。我還聽到嬸嬸和叔叔遠遠的對話......

「她現在受傷了，怎樣帶著三個這樣小的孩子？」

「你就別管閒事好不好？趕緊走呀！要追不上了！」

眼前出現一個十七、八歲的大哥哥，不知道他是否聽見他們兩人的對話，他摸了摸我的頭，又看了一眼母親受傷的腳。

大哥哥對母親說：「不如我先幫忙帶著這個妹妹，你慢慢走吧。」
母親正擔心不知如何帶著我們繼續走，突然出現一位仗義青年，就好像天賜的運氣。

母親問我能不能跟著大哥哥走一段？一向怕生，一步也不肯離開母親身旁的我，看著母親沾血的足踝，也不知那來的勇氣，點點頭就拉著大哥哥的手。

母親叫我們先走，她會追上來。我就隨著大哥哥一路走著，上山又下山的，經過一條小瀑布，瀑布濺下來的水點，剛好為走得熱如火盤的我降降溫。

又走了一段下坡的路，在路的盡頭看見兇叔叔站在路旁，我有點怕又被他罵，趕快躲在大哥哥身後。

兇叔叔對大哥哥說：「沿著這條小徑走就到市區，你的家離這裏不遠，下去後問問人就可以了！」

大哥哥雀躍的說：「真的？太好了！」

大哥哥飛快的往小徑走，我就連跑帶跳跟著他。

終於到達市區了，後來聽母親說那裏是西環？還是西營盤？總之街道兩旁都是幾層高的樓房，一間四點金也沒看到。

街上有很多人力車，也有汽車，還有一些很大輛米白色藍色的汽車，樣子不像我在澄海坐的公車，我後來知道這是巴士，也是我少女時期最常坐的交通工具，我看到的巴士是單層的，紅色雙層巴士我起初只在九龍見到。

我在路旁看著扛著擔挑的人，擔挑兩邊各有一個籃，大哥哥就在找人問路，我看見那人指著前方，大哥哥向他道謝後就往前走，我被眼前景色吸引著，也跟著往前走。

走著走著，突然有一輛在路軌上行駛的車在我身邊經過，"叮叮"響著，嚇了我一跳，回過神想起還不見母親，我趕快扯著大哥哥的手，問他：「媽媽呢？」大哥哥拍了一下額頭說：「對呀！我太興奮了，忘記了，來，我們去找你媽媽。」

我們往回頭路走，就在剛才下來的小徑四處張望，已看不見之前同行的人了，看不見那個好心的嬸嬸，看不見兇叔叔，也看不見母親。

我慌張了，哥哥也慌起來。

他叫我站在小徑前，他就逕自往上走，過了一會，大哥哥很失望的踱步下來，向我搖搖頭。我的眼淚就像開了水掣一樣一瀉而下，大哥哥抓了抓頭髮，叉著腰原地轉了幾圈，看了看嚎哭的我，又捂著嘴轉了幾圈。

「不如我們往前走，你媽媽可能在前面找你。」大哥哥說。

我抽了抽鼻水，就跟著大哥哥往前走。

街道兩旁都是賣米的店舖，店前都放著一桶桶的米，上面插著一張紙。走了有幾條街吧，大哥哥突然在一間米舖前停下來往店裏張望，一個穿著唐裝衫戴著眼鏡正看報紙的中年人與大哥哥對望了一眼，那人笑容滿面飛似的跑出來。

「仔，你到了！太好了！快進來。」他對大哥哥說。

原來這是大哥哥父親開的米舖，聽說是專門批發米的。

大哥哥的父親看見我站在舖頭前就問哥哥怎麼回事，大哥哥將事情前因後果向他父親交代了一下。他父親看了我一下，就吩咐店裏的人帶我上店裏的閣樓，我不肯，一直嚷

著找母親。大哥哥說他父親會找人聯繫母親來接我，叫我忍耐一下。

對呀！忍耐一下，母親也是這樣說，於是我便隨店員上了閣樓。

頃刻，我聽到樓下傳來嘈雜聲，我以為母親來接我了，於是探頭一望，只是店舖的顧客，所有人看見大哥哥都很高興，我一個人獨自在閣樓就越見淒涼，我想媽媽不會不要我吧？想著想著又哭起來。

大哥哥拿著一個麵包上來給我，我哭著臉說我不要，我要媽媽！一下把大哥哥拿著麵包的手推開。

「你媽媽就到喇！你先吃點麵包吧！」大哥哥哄著我說。

我只是不停搖頭，哥哥就無奈地把麵包放下，然後就下樓了。

從閣樓我可以窺見天空的顏色，怎麼是灰灰的呢？

我暗自盤算著，如果再過一下還沒見媽媽，我就自己流浪去找她。肚子發出咕嚕咕嚕肚餓的聲音，就像在和應著。可是，沒多久我就睡著了。

怎麼這麼吵？我被樓下的嘈吵聲吵醒了，

「是這裏了！」

為什麼聲音那麼熟悉的呢？呀！是兇叔叔的聲音，我馬上望向樓下，果然是他。

他上氣不接下氣的在問大哥哥：「你有沒有．．．．．」

還沒有說完，他就發現我在閣樓了。「真的在這裏！」

他指著我說，然後就朝閣樓的樓梯走來，我有點怕他，於是就蜷縮在一角。

他在梯級旁說：「你媽媽四處找你呀！快下來，我帶你去找她。」

聽見媽媽兩個字，我連害怕也忘了，急急跑下梯級，回想好彩當時他真是帶我去找媽媽，如果他是"拐子佬"就大件事了。

兇叔叔拉住我的手，仍然是那粗糙的感覺，我向大哥哥和他的父親揮手道別；同時，道別了我的流浪之旅。

天空泛著金黃色，原來已經黃昏了。

街上有很多小販在叫賣，但我聽見的，只有自己不停叫媽媽的聲音。我隨兇叔叔走了大約一條街吧！我遠遠聽見三妹的哭喊聲，又看見我最熟悉的身影，母親的背影！怎麼母親背著我，我也看見她焦慮的樣子？

我甩開兇叔叔的手大叫：「媽媽，媽媽」。

母親猛然回頭看見我哭著，忘了自己的腳受了傷，跌跌撞撞的跑來抱我，我也哭著張開雙手，母親一個勁就把我抱緊了。我們兩個聲嘶力竭的哭著，就像要哭到天崩地塌似的。

「好了，好了，別哭了，找到就好了！」

我認得這是姑媽的聲音，每年春節姑媽都和爸爸回來探我們，她的聲音我不陌生。抬頭一看，果然姑媽正帶著二妹和三妹，抹著眼淚，站在我和媽媽的身旁。

原來，姑媽接到消息，就來接我們，發覺不見了我，就和母親一起又跪又拜的纏著兇叔叔，要他一定把我尋回。幸好兇叔叔記得大哥哥的地址，否則，就算知道大哥哥家是

開米舖，街上那麼多米舖要逐家去找，也不是一時三刻就找到。

母親用手拍揩拭我的眼淚。我對母親說以為她不要我了。

「傻丫頭，亂說什麼！」

「是呀！你媽媽剛才還說找不到你，也不想做人甚麼的」

「哎呀！不要說啦！嚇著小孩啦！」

母親和姑媽，你一言我一語的，大家都破涕為笑了！

「媽媽，如果你不來找我，兔兒就要流浪了」

「什麼流浪，你只是和我失散了吧！」

「不是的，兔兒流浪了。」我堅定的說。

「好了！你說流浪就是流浪吧！我們快走，先到姑媽家，爸爸明天會來接我們。」母親拉著我的手溫柔的說。

我們和兔叔叔道謝後就出發往姑媽家。

我懷著滿心喜歡朝姑媽家出發，我很期待和表姊弟一起玩耍，一起吃點好吃的東西。

香港，我在家鄉時大家都說的好地方。

門一開我就很失望了，姑媽家是一間很小很小的板間房，大概只有 5、60 呎吧，那間房比我在澄海家的廚房還小。大人們就睡在床上，小孩子全都在地上"打地鋪"，就是在床的前面鋪一張地蓆在地上睡覺。

我看著真是很失落，香港的居住環境與我想像的，差別不是一般的大。

姑媽很熱情的不斷叫我吃東西，又說我這幾天受苦了，要多吃點。房間小得我連轉身也有困難，我只能靜靜的坐在大人晚上睡覺的床上吃東西。

我雖然也真的肚子餓了，但實在沒法暢快地吃東西，我也慶幸不用睡在床上，因為，我發覺我才坐了一會，雙腳已被木蚤咬得點點紅。二妹和我一樣不停用手抓大腿抓癢。我看了一下三妹的小臉孔，一樣是點點紅，但三妹仍睡得香，半點不受打擾。

我在香港吃的第一頓飯吃了什麼？已想不起了。

我只咬了幾口姑媽為我們準備的食物，就和母親說我累了，要睡覺了。

姑媽摸了摸我的面頰，就說我一定是失散時，只剩自己一個人時嚇著了，叫我快點休息。

那晚，我們幾姊妹就和表姊弟在地上捲曲而睡。可能因為這幾天實在太勞累了，我來不及嫌棄睡覺的地方，已呼呼大睡了。

第二天早上，姑媽一早去了賣魚飯，表姊弟也不知所蹤，只剩下我們在這裏等父親。

母親和三妹留在姑媽的房間，我和二妹不停在門前踱步，每次門鈴響起，我們也爭著開門。

快到午飯時間了吧，門鈴又響起來了，門一開，一個魁梧親切的身影在姑媽家的門前出現了。父親來接我們了。我看著母親，她捂著臉，說不出話來。

父親笑著對母親說：「辛苦你了！」

二妹蹦跳著高興地喊：「爸爸！爸爸！」

我心中油然產生一種死裏逃生，得到英雄拯救的感覺，父親就是我的英雄。

父親伸開雙臂一攬子抱著我們三姊妹和母親，不停地說：「好了，好了，安全到埗就好了！多謝上天保佑，終於一家團聚了！」

我聽到父親的話後，這幾天的辛酸隨著我的眼淚，慢慢流走了，才發覺肚子空空的。

我抽泣著對父親說：「爸爸，我餓了！」

爸爸呆了一下，突然哈哈大笑，然後說：「好，好，我們吃飯去，吃飯去！」

父親在姑媽的房間留下紙條，告訴姑媽他已經來接我們了，然後我們一家就在香港一起吃了第一頓飯。

那餐只是一頓簡單的飯餐，但就是我吃過最開心最好吃的一餐，比春節吃的還好吃很多很多。

長洲的童年

鼓著吃飽的肚子，爸爸拉著二妹，我和三妹跟著母親，出發去我們在香港的家，長洲的家。

我們一家來到碼頭乘搭往長洲的火船仔，當時渡海輪都叫火船仔。又要搭船我是有點怕，因為這幾天乘船的經歷也太可怕了！但這次有父親在應該不怕吧！

那時火船仔班次不多，要預準時間到碼頭，我們到碼頭時聽到船的汽笛長鳴了三下。

父親說：「快走！船要開了！」

以前，長洲的火船都會鳴笛通知乘客還有多久才開船，三聲就是還有五分鐘就開船了，後來坐船已沒聽到汽笛聲了。

父親跑到碼頭右邊一幢建築物買票，我們買的是坐樓下的二等票，買票後就迅速上船了。我們坐下不久，火船就開動了。火船比我之前在澄海碼頭搭的輪船小一點，分上，下兩層，二樓是頭等，樓下是二等。

船開了不久，我看見一個捥著布袋的伯伯，拿著飲品由樓下走到樓上。原來火船也有一個小賣部，我站在那附近好奇的張望那裏有什麼東西賣。

父親走過來說：「兔兒，回去坐吧！去吹吹風。」

在走回座位的半路，我看到有位阿姨在搽藥油，呀！她暈船浪了，我記得母親說過。

我坐在船邊的座位，吹著海風，看著海面湧起的白浪，這幾天的勞累，驚慌都忘記了，終於到香港了！

香港的海風特別涼快，可能是與心情有關吧。我一直望著香港美麗的海景，父親和母親卻是不停在說些什麼，二妹坐在父親的身旁無聊的撓著腳。

大概坐了一個小時吧！船就泊岸了，乘客魚貫上岸。天空也是蔚藍色的。

那時長洲還沒有現在遊客常去的海鮮街，但卻也是非常繁榮，什麼類型的舖頭也有。父親帶著我們沿著大街走了十多分鐘，在一家關上橫折通花鐵閘的地舖門前停下來。

「我們到了，這就是我們的家了。」父親自豪的說。

1956 年我們一家在香港團聚了，我當年五歲。

父親在長洲租了一個地舖，樓上是業主用來度假的，她不常來。地舖有三房一廳，其中兩間父親租給其他人收租的，我們一家就住最大那間房，房間面積很大，另外有一個很大的廚房，後來父親做的魚飯也是在廚房裏處理。

香港的居住面積與澄海是天淵之別，但比姑媽家大，又可以和爸爸一起住，母親的臉又常掛笑容，我已很滿足了。

在我們來港前這間舖是賣水果的，後來爸爸轉型做香的批發生意。很多人也知道香港名字的由來其中一個說法是和沉香有關，父親來到香港又是從事和香有關的工作其實也挺有趣。

在長洲的幾年，生活雖然清貧，但是我唯一可以上學的時光，記得每天晨早上學的時候也會特別肚餓，上學途中會經過很多賣不同食物的舖頭，可我身上並沒有金錢，所以只能嗅一嗅香氣，瞄一瞄食物就繼續上學的路。

每天回到家中，我除了要看顧弟妹，也要幫忙做香。是的，我家的小弟也是在長洲出世的。

現在五、六歲的孩子可能連穿衣服也要靠工人姐姐幫手，但在我們的年代，我雖然只是個初小學生，但身為大家姐，已經要幫忙家中的生計了。

我每天放學，回到家中就開始幫忙搓香。現在的香大部分都是內地工廠製，但當年以手工製為主，做香是一件很煩瑣的工作，而且方法很多，我還小，所以負責最簡單的搓香工序。首先將竹枝放在灑滿香粉和其他材料的工作平台上搓，搓成一根根棒狀的線香，然後一盤盤的放在舖頭前晾乾。

不停的搓，我覺的我的舌頭也沾滿了香料的味道，我兩只小手的指頭，因為搓得香多，都變黃了。

每天回到家裏也可以見到父親和母親，偶爾還可以在街頭的店舖看一下公仔書，到造船廠探險，我還常常到沙灘用樹枝繪畫，我很喜歡畫畫，是我最大的興趣和娛樂。

還有我很期待，每年的飄色和搶包山，長洲的生活總算過得很愜意。

父親這門生意起初還是做的不錯的，一家的生活尚算穩定，所以，父親送我們到學校唸書，我也過了短暫開心的童年。

天有不測之風雲，爸爸僱用了一個幫工做"行街"，是負責幫忙串門推銷生意和收帳的員工，他眼見父親生意不錯，頓起貪念，在一次收了較大筆的貨款之後消失了！捲款跑了！

這名"行街"是父親很信任的人，他"走路"了，對父親打擊很大，父親也不再經營做香的生意，自此之後，父親對人的戒心也變得很大，不容易相信外人。

我每天仍舊照常上學，我偶然會抬頭望天空，不知怎的，天色總是灰灰的，黑沉沉的。

父親沒有再做香的生意，我們一家的生活變得頗緊張了，加上父親本來打算用來收租的房子，一直未能租出，我們小孩子是很高興了，可以常常在這間空房子跑來跑去玩耍，但房間租不出去房租仍然要付，入不敷支，我們的生活越見拮据。

父親只好做回老本行，做賣魚餃、魚飯的生意，賺點小錢。我們一家幾口，只靠爸爸賺錢，生活擔子很重，家裏窮得連買餸錢也沒辦法拿出！好一段時間，家裏沒能力買豬肉吃，大多時候是吃鹹菜拌潮洲粥或番薯粥，就連普通一隻雞蛋也變成奢侈品。好運的話，間中我們可以吃父親賣剩的魚，更多時候連剩魚也沒能吃上。

所謂屋漏更兼連夜雨,長洲的街舖在那個年代都是由鐵皮屋和木板搭建而成的,我們 2 樓業主的單位,因為是業主用來度假的,她不是經常住,她的屋頂漏水了,沒有人理會,下雨天,雨水一直由她家的地板漏到樓下我的家。

屋外大雨,屋內小雨,雨水打在屋頂上"啪啪"、"啪啪"的響著,天花板漏水,我們都要將家中的膠桶,鐵罐放在漏水的地方,盛載屋頂滴下來的雨水。

那天,放學回家途中,我抬頭望天,天空烏雲密佈,樹上茂密的樹葉被一陣刮來的大風吹得沙沙作響,看來又要下大雨,我趕緊快步跑回家,純熟的把家中的桶、罐全翻出來。

「媽媽,要下大雨了。」我連忙對母親說。

母親急忙把手上縫合中的衣服快速地收起,然後叫三妹坐在一處很少漏水的地方,我和母親和二妹就趕緊拿著各種工具迎戰。

說時遲那時快,暴雨一瀉而下,滴滴答答的滴在屋頂,更多雨水從屋頂隙縫倒下,我們拿著器皿在屋子裏跑來跑去接雨水,三妹看著我們跑來跑去,哈哈大笑起來,我們卻

喘不過氣，雨下得實在太大了，家中的床舖、傢具都被淋得濕透。

那天晚上，我們就在下著雨的家，呆呆的看著滴在膠桶、鐵罐和床舖上的雨水，惶恐地渡過，徹夜無法入睡。

這種狼狽的情況，在每一個下大雨的日子不斷重演著。想不到，香港的生活是這樣的，還比不上在鄉間的生活，我開始掛念鄉間的外公，掛念四點金的天井......。

就這樣在長洲過了數年的艱苦貧窮苦日子，由於營養不良，至今我仍承受因蛋白質不足導致腳痛之苦。

有一天，阿姨和姨丈來長洲探望我們，看見我們一家子的生活不太理想，姨丈就跟父親說：「你們這樣子生活可不行呀！不如搬來九龍到雞寮和我們一起住吧！起碼大家可以互相照應一下呀！」

父親和母親考慮了好一段時間，家貧百事憂，我聽到他們為搬家之事也吵架了，畢竟繼續這樣在長洲捱下去也不是辦法，為了我們幾個兒女，他們也得有打算。最後，他們決定搬到市區與阿姨同住。

只是，出乎我意料的是，父親叫我一個人獨自留在長洲。

我還記得那天，天色灰暗，我正在想：「不是吧！又要下雨了？」

父親坐在我的身旁對我說：「兔兒呀！爸爸知道你不願意，我和媽媽也不捨得，但我想你還是留在長洲住吧！我可以找鄉里商量，讓你暫時住在他那裏。」

「為什麼？是否兔兒做錯事？你們不要我了。」我急得涕淚漣漣。

「不是，兔兒很乖，我和媽媽都疼錫兔兒，就因為疼愛，我們想你多讀點書，如果你和我們一起搬出九龍，我可沒有能力供你繼續讀書，不如你留在這裏完成小學，才出來九龍和我們同住吧！」

我們的年代，政府還沒有免費教育，要讀書，學費和書簿費等雜費都要錢，離開長洲，沒有義學我就無法再繼續升學。我才上小三，上學期剛開課，要完成小學，就是要我獨自留在長洲三年呀！

那天，屋外是沒有下雨的，但是我的心卻下起一場暴雨。

我是滿喜歡讀書的，雖然不願意，我還是留下來了。只是過不了幾天，我已經忍受不了。

讓我寄住的叔叔一家雖然對我都很好，然而晚上看著他們一家嘻嘻哈哈的，看著小朋友向母親撒嬌，我就想念母親了。加上來港途中失散那一天的經歷，我真的沒法接受和父母分開三年呢？

我如何可以和父母分開三年？

最後，我拜託叔叔聯絡父親，告訴他我不讀書了，我不要一個人留在長洲，這樣很淒涼，我要和他們一起。

過了幾天，父親就回到長洲接我到雞寮和他們同住。

搬到雞寮

1960 年，我九歲，由長洲搬到觀塘雞寮。

雞寮就是現在翠屏邨的位置，大概就是秀茂坪對下山邊斜坡，是觀塘最早興建的徙置區，由二十四座七層高的樓宇組成。

阿姨一家住的單位很細，每月租金 14 元，要再讓我們一家幾口同住，實在是太擠逼了。於是阿姨四圍到處打探，看看有沒有較大的單位可以出租。

好不容易找到一個本來政府月租 18 元的單位，但是那單位的原租客開天殺價，要收我們 45 元才願意轉租，實在有點過分了。可是，眼下父母實在沒有其他辦法，要租其他的地方價錢可不只這個數目，再繼續寄住阿姨家也是不可能。

父母最後決定吞聲忍氣，將單位租下來。

當時徙置區的環境其實也不是十分理想，廚房是在室外的，浴室還要與其他人共用，但我們一家總算安頓下來，有個自己的地方。

搬到雞寮後，父母就開始躊躇日後生計了，父親左思右想，賣魚飯雖然是他本行，但是收入不穩定，為求生活穩定，他毅然決定到姑丈介紹的一家飯店做"候鑊"，在廚房負責一些簡單的炒粉麵飯的烹調。

這份工作月薪有 50 元，父親想這起碼足夠交租了。母親就在家中一邊照顧我們，一邊穿膠花賺錢幫補家計。

當時香港的工業起飛，很多工廠都會將膠花、剪線頭等工作外判。穿膠花，在徙置區差不多家家戶戶都在做。還記得母親拿著一個比她還高的大布袋回家，袋裏裝滿塑膠做的花朵、葉子和樹枝，我們的工作就是把這些七零八落的東西，穿成一朵朵的膠花。

工作的時候，我們幾姊妹和媽媽會圍在一起，邊做邊說笑，起初也當作一個遊戲，還和妹妹們鬥快穿膠花。只是做不了多久，我的手指頭也擦破了，但我們仍要努力完成工作。

母親為了多賺幾個錢，每每工作到深夜，父親做廚房的工作，清晨就要起床出門上班。母親為了不騷擾父親和我們睡覺，總是把火水燈調得很暗，母親現在的眼睛不好，可能就是那時的後遺症吧！

母親雖然幫忙賺點零錢，但杯水車薪，我們的生活仍然是非常困難，捉襟見肘。

「阿芝，你是大家姐，你又不讀書，就要搵專業的工作，幫忙賺錢養家啦，不如你試下到外面找尋工作，做工幫補家計好嗎？」父親無奈的對我說。

我已長大了，父母已沒有叫我做兔兒。

我看著因為辛勤工作而疲憊不堪的父親也沒有多說，只是點點頭說：「好呀！我到附近看看招人的街招吧！」

窮人的孩子早當家，當時的香港，其實好多和我差不多年紀的孩子都在工作，既然我決定要留在父母身邊，我也願意去打工賺錢，幫忙父母養家。

我打工的日子

九歲初嘗打工滋味

當時搵工的方法和現在大相逕庭，沒有什麼報紙、網絡招聘，也不需要寫什麼求職信，我們一般都是沿街看看店舖門口有沒有招聘紅紙，或是到工廠大廈樓下看看有哪間工廠招人。

第二天，我一大早往街上跑，因為第一次找工作，心情非常忐忑，我特別穿了一件比較新淨的花布衣，希望給人留一個好印象。

我一逕兒跑到附近的大街，邊走邊看有沒有招工的招紙，走到差不多近中午的時分，我開始覺得又累又餓，很想回家；就在我差不多要放棄的時候，我看見一間閘門半開的舖頭，舖頭的名字叫「寶光珠行」，就在舖門邊貼了一張紙寫著「招請熟手女工」。

我喜出望外，蹦蹦跳起來。然後，也顧不得什麼了，趕緊往鐵閘裏面鑽，口裏喊著：「老闆！老闆！」

我的嗓子小只有拼命大聲嚷著。從鋪子後面走出一位笑口迎人的女士，可能她以為有顧客幫襯，但當她看到我這個黃毛小丫頭，她臉色變了一下，正在懷疑一個小妹妹要買什麼呢？

她緩緩的行近我，並說：「姑娘仔，買嘢呀？」

「不是呀老闆，我想找工作做呢！我看見這裏有招人的招紙，這裏是否請人呀？」我大著膽兒的說。

原來這名女士，是這間珠行的女管工，她上下打量一下我，然後問我：「你會不會穿珠仔？」

哈哈！顯然我完全沒有經驗，但為了把工作拿下，仍膽粗粗的對她說：「我會呀！我跟媽媽學做過。」

女管工皺了一下眉頭，帶著懷疑的眼光，但可能她急著要人用，她最後都請了我。

我望一下天空是蔚藍色的。

就這樣我成功說服了女管工，開始了我來到香港之後的第一份工作—穿珠仔。

其實我也沒有說謊，我雖然沒有穿珠仔的經驗，我可有幫忙媽媽做穿膠花的工作呀！這也算是相關經驗吧！

這間珠行的女管工對我很好，很照顧我。穿珠仔也不是要專業技術的工作，都是手板眼見的功夫，年輕就是我的本錢，視力超凡，眼明手快。

穿珠仔是多勞多得的，每天看著一盤盤五彩繽紛的塑膠珠，我按照管工的吩咐，依樣畫葫蘆的穿，我做得快，所以到月底結算時計算一下，賺了 30 元。

發工資的那天，我從管工手裏接過放了工錢的信封，心裏高興的不知如何形容。我的手微微的發抖，這不是驚慌，是興奮呀！

這是我第一份靠自己努力賺到的人工。

我趕緊將工錢放到媽媽為我縫製的小錢包，錢包繡了一朵小花，是媽媽連夜為我縫製的。

那天的天空雲層很高，有很多很多的白雲佈滿天際。我望

著天空發呆了好一會，摸摸我的小錢包，就帶著愉快的心情走著回家的路。

我滿心歡喜的回到家裏，將所有賺到的工資，全部 30 元都交給母親。

我帶點得戚的對母親說：「媽媽！這是我的第一份工錢，足足 30 元。」

母親算一算數目，將錢都放進五桶櫃裏的一個鐵罐內，再摸著我的頭，溫柔的說道：「阿芝，辛苦你了！」

我對母親說我很想吃叉燒。在香港我就是覺得燒味舖最吸引我，尤其是那紅中帶點焦，軟嫩多汁的叉燒，香噴噴的誘人食慾。我每天經過家門樓下的燒味舖，看著那些燒鴨、燒肉、叉燒，閃閃的，香噴噴的，我都會口水直流。

母親面有難色的對我說：「阿芝，如果我們買了叉燒，那之後這幾天就沒錢買菜了，你乖，到你生日的時候再買給你吃吧！」

我一臉茫然，但看著瘦小的母親，我再沒有說什麼了，因為我清楚明白，母親已經將所有最好的給了我們，她每天都只是吃我們吃剩的飯餸。我只好暗自期望生日那天真的會有叉燒吃。

1963 年，我 12 歲。

記得當年大旱，政府限制供水，曾經試過四天才供水一次，一次供水只得四個小時，每天下班後，我都要拿著水桶到樓下輪水，真是苦不堪言。

我在「寶光珠行」做了 3 年，剛滿 12 歲，我覺得自己長大了，聽人家說在工廠打工工資不錯，就去了原子粒工廠見工；當時，很多外國公司在香港設廠做原子粒收音機，我就加入了香港的新興行業，正式成為工廠妹了。

打工養家　工廠妹萬歲

我每天挽著飯壺到工廠上班，我工作的工廠，有數條生產線，僱用了不少女工。八小時的工作時間，我坐在生產線旁邊，小心謹慎，金睛火眼地快速裝嵌電子零件，午飯時間就和其他同事圍在一起，聊聊天，吃著母親為我準備的午飯，回到生產線，我一路工作一路想，世界又多了一部我有份裝嵌的收音機了。

原子粒廠的工作，每月工資有 45 元。45 元剛好就是一個月的房租，我是挺高興的，因為我的工資足夠用來支付租金了。就這樣我在原子粒工廠做了兩年的原子粒工廠妹。

之後，毛衫業興起，姨丈介紹了父親到毛衫廠當燙毛衫師傅，還叫我到那兒去學毛衫縫盤。毛衫經過洗水後會縮水，需要經過整燙把毛衫定型及固定尺碼，父親的工作就是把毛衫套在燙衣板，然後用蒸氣燙斗燙毛衫。燙衫的工作，一定要站著做，只有午休的時間才可以坐下休息一會，是一份工作重覆，讓人汗流浹背，讓人累透的工作。

至於縫盤，就是將毛衫各個部份用縫盤機縫合，這個工序，看似簡單，但極需要眼明手快，在姨丈介紹的毛衫廠當學徒，學縫盤是要付學師費的，學成可以獨立工作。

我在那間工廠做了三個月就離開了。

我想往外闖，每天放工後，我會跑到新蒲崗毛衫廠看招紙搵工，那時新蒲崗開設了有很多毛衫製衣工廠，每當看到招聘熟手女工的招紙，我都會駐足細看一下。

最後，我找到一家做歐陸套裝的毛衫廠，上工後，我得到上天的眷顧，認識了一位大姐，她待我如親妹，很熱心的幫助我。每天很有耐心地將造套裝的竅門教我，我亦不負她的厚愛，很快學識了做套裝。大姐還在管工面前誇我心靈手巧，很快就上手。

無理嫁禍　因禍得福

我以為我會在這間工廠做上一段很長的時間，因為我在這裏又認識了另一個女工。

大家都是年輕工廠妹，我看她不會大我很多吧！我們很投契，每天上班有人和我聊天，說說家裏的瑣碎事，弟妹如何纏著我，陳寶珠又有新戲上映，零零碎碎的說著笑話，也是一件很開心的事，我們有時候還會一起坐巴士回家。

但慢慢我發覺她總是在佔我便宜；很多時候，搭巴士她也會說沒有零錢，讓我先替她付，過後她又會多多藉口，很多次我催她還搭車錢給我，她就會左顧言他，有時說今天沒有帶零錢，有時又說：「放心，我明天會還給你。」但最後就是不了了之。

這不是讓我懊惱的，最令我火大的是，她經常將自己做得不好的衣服，寫上我的工號。在製衣廠裏我們每個人都有自己的工號，每次做完一件套裝都會在"嘜頭"附近穿一張啡色的紙頭，紙頭寫下自己的工號，工廠就是按照這個工號去計算我們的工錢。

完成的套裝，工廠都會有人負責去檢查，紙頭的另一個作用，就是當檢查套裝的時候，如果發現套裝做得不工整，就會找回那個做套裝的工人重新再做。

她將做得不好的套裝寫了我的工號，我就背了她的黑鍋。

我被逼將那些套裝拆線重新再做，這樣就耽誤了我不少時間，能做好的套裝件數也變得很少，我的工資也少了。

我質問她為何要陷害我，點知她只是聳聳肩，反一反白眼，像沒聽見我說話一樣，就在我身旁走過。自此我們倆如同陌路，連眼神也不曾交流。然而，我沒有做過，寫著我的工號被退回的套裝，則有增無減。

我忍不住向管工投訴，但管工明知真相卻維護她，還說我小器，小小的事情就在大吵大鬧。

他說：「我沒有時間去理會你們這些小事，寫了你的工號你就去改吧！」

我氣得說不出話來。

他還說：「如果不滿意就別幹了，反正大把人想做你的崗位。有時間來說三道四，不如做好自己的工作吧！」

他邊說邊揮手叫我回到自己的座位繼續工作。

我越想越氣憤，怎樣也嚥不下這口氣，憤然向經理辭職了。經常幫助我的大姐，雖然捨不得我離開，也很贊成我的做法。

「這樣給人欺負，做下去也沒有意思。」她說。

憋著一肚子氣，和大姐道別，下班回到家裏，我向父母訴說受到不公平待遇，所以辭職了。

我原本以為父親會安慰我，可父親聽見我說辭工了，他就罵了我一頓，說我應該先找到另一份工作才辭職。

「你也不是不知道家裏現在的情況，如果找不到工作怎辦呢？」父親沒有看我一眼，只板著臉的說。

我當時真是覺得非常委屈，我想平日慈祥的父親去了哪裏？我差點哭出來，母親瞪了父親一眼，摟著我的肩膀開腔了。

「沒事！工作慢慢找，就當休息一下吧！」

我從家中的窗外望向天，天空烏黑一片，天色怎麼這樣差！

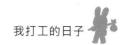

很快，我和大表姐在青山道永隆街昌發大廈一間毛衫工廠
又找到了一份新的工作。

大表姐和我的關係最好，從我初來香港，在姑媽家住的那
天晚上開始，大表姐已經很照顧我了。所以，我知道這裏
大量招人就第一時間通知她，從此，我和大表姐可以一起
上班了。

新的工作比以前那間還更好，因為工廠離家不遠，我每天
都可以和大表姐一起回家吃飯，這已經讓我樂透了！

我的愛情故事

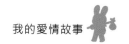

西裝友的出現

我在昌發大廈上班不久，有一天我和大表姐從家裏吃完午飯上班途中，我看見一輛單車在我身邊駛過，騎單車的是一個西裝筆挺的男仔。

永隆街是工廠區，很少人會穿著西裝踏單車，因為他的衣著太突出了，我的眼球馬上被他吸引住，心想這個男仔怎麼這樣奇怪呢？但我也沒有太上心，看了他一眼，又挽著大表姐的手回工廠上班了。

奇怪的是，之後每天我午飯後回工廠上班的時候，我也會看見這個穿西裝，騎著單車的男仔在我附近出現，風雨不改，有時他還會回頭看我。

有一次我和他對上眼，我馬上轉個頭望著大表姐，緊緊挽著她的手，趕緊走快兩步，低著頭悄悄的和她說:「大表姐，

你剛才有沒有看見那個穿西裝騎單車的人？你有沒有發覺每天也看見他，為什麼他總是看著我們呢？」

大表姐把脖子伸前說：「哪裏？那麼多人騎單車，你說那個人？」

「前面呀！穿西裝那個呀！」我扯了表姐的手臂一把說：「別看，我們快走，如果他是鹹濕佬怎麼辦。」

大表姐看著我，沒好氣的笑了一下，然後說：「你不看他，怎知他在看你，或許，他只是剛巧路過吧！我們還是快走，要遲到了。」

我說不過她，只好隨她急步上班去。

之後的日子，我午飯後還是會遇見這個「西裝友」，後來我發覺原來他一直在附近的街角等著。

那天，盛夏的香港，烈日當空的中午，我為了證實「西裝友」是在等我，刻意走慢一點，在街角偷看他在不在。果然，我看見「西裝友」騎在單車上，停靠在警察宿舍拐彎處，紅綠燈過馬路旁的欄杆，轉燈了也不動，過馬路的人都回頭看他，怎麼那個人那麼奇怪的，綠燈亮了也不過馬路？

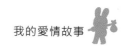

他一直旁若無人，只傻傻的盯著我們習慣走回工廠的路，時而拿出手拍抹擦額上的汗水，時而又用繫著的領帶搧涼。

大表姐挨著我四處張望，「有沒有看見呀？」她悄聲問我。

「在那裏呀！」我輕輕指著對面街角說。

這麼久以來，我還是頭一次看清楚他的樣子，有點像映畫戲的明星，不，他抹汗的樣子很迷人，應該比明星還俊俏，我想著。

「原來一直在那邊等著。」大表姐偷笑說：「我們繞路走，讓他白等。」

「唔好啦！」我衝口而出，呀！我在說什麼？

「或者他是等其他人呢！」我心虛的說。

「才不是，天天也那麼巧，我們經過時才在我們身邊駛過，我看那西裝友是看上你了。」表姐叉著手微微彎腰對我說。

我心慌意亂，心想難道真是看上我，但口裏卻說：「我看人家是看上你呀！」

我拍拍表姐的肩膀，裝出佻皮的樣子眨眨眼。我們邊說邊走近紅綠燈位等過馬路。「西裝友」顯然已看見我們了，他馬上騎上單車在我們對面等過馬路。

綠燈亮起了，大表姐挽著我的手過馬路，「西裝友」在我們對面踏著單車靠近我們，就在我們相遇的剎那，我和他互望了一眼，時間就像在那一刻靜止了一樣，世界好像只剩下我們兩人。

「佩芝，走快步，就要轉燈了。」

「哦！」

我回過神，看見交通燈的綠公仔在閃動著，像在催促我快醒來，我隨著表姐的背影急步走著。

然後，我每天都「遇見」他，我每天都期待「遇見」他。

有一天，我生病了，我的心很痛，不是因為重病，是因為缺勤會沒有了勤工獎，一般就算病了，我爬也會爬回公司，但今天我覺得全身無力，連下床的力氣也沒有。

母親對我說：「阿芝，就休息一天吧！你也太辛苦了！」

我躺在床上，我的頭雖然很痛，還是忍不住在想，不知「西裝友」今天有沒有出現呢？

大表姐下班回家我就知道答案了。

大表姐匆匆脫下鞋子，連手袋也沒有放下，就跑到我的床邊，氣沖沖的對我說：「佩芝，我今天看見『西裝友』呢！」

我突然失望透了，原來他是在等大表姐的。

我有氣無力的回話：「是嗎？」

「嗯！我看見他在馬路燈口，但我過馬路時，他並沒有騎單車駛過來，只是沿地動也不動，當我在他身邊走過，我只見他失望的向我望了一下，我一早就說，他是在等你的啊！」

「哎呀！表姐，人家在病啊！不要拿人家開玩笑吧！」。

「佩芝呀，你的臉為什麼這樣紅？是否仍在發燒？」大表姐將手放在我的額頭關心的說。

「你還是休息吧！『西裝友』還在等你啊！你再不出現，我怕他會生病，相思病 ... 哈哈哈！」大表姐說完，還沒等我回應，她就笑著走開了。

我的心不知怎的噗噗的跳得很快，我的臉在發熱，我的身體忽然輕飄飄像飛了上半空的，我真的病得很重嗎？為什麼我的心情突然變得那麼興奮？

「相思病，大表姐真是傻了！」我一頭栽在枕頭上，傻傻的笑著。

我抬頭看著窗前的天空，是夕陽了嗎？怎麼都泛紅了！

「深深的一段情，教我思念到如今。」

我忽然想起"月亮代表我的心"的歌詞。

我和「西裝友」3秒鐘的約會，從未間斷，每天在同一時間同一地點，我都會看見騎著同一輛單車，停在那馬路拐角處等著的他，還有和我擦身而過的他。

我在家裏也會偶爾想起他。我曾經有一次幻想我和他變了明武宗和李鳳姐，自己對著鏡子唱黃梅調戲鳳。

「我擔心受議論，不敢留客人，還是哥哥回來再上門，再上門。」我邊唱邊甜笑著。

恰巧母親回來看見我搔首弄姿，問我在幹什麼，我說我學靜婷唱戲罷了！母親笑了笑就拿著餸菜往廚房去。我伸了伸舌頭，幸好母親沒有多問，也不知如何解釋，如果被母親發現我的 3 秒鐘約會，她會否要我繞路上班？那鳳姐豈就見不到「皇上」了。我又陷入自己的幻想中，明武宗在叫鳳姐了。

＊　　　　　　　　　　＊　　　　　　　　　　＊

難得的假期，我和大表姐在外一整天，到晚飯時間我們如常挽著手回到家裏，母親從遠處就聽見我們的笑聲，知道我們回家了，就拿出碗筷準備開飯，就在我開門剎那，母親看著我，手裏的筷子都掉滿一地，她趕緊彎腰拾回，眼睛卻沒有離開我，我也快步走去幫母親執拾。

「阿芝，怎麼你去燙髮了？」母親好像看見什麼稀奇的事一樣問我。

「工廠裏的女孩子都流行燙髮呀！不好看嗎？」我漫不經心的說。

「好看，好看，只是你一向不愛打扮，之前我見你努力儲錢，原來用來燙髮，看來我女兒開始長大了。」

母親輕輕用雙手輕按我的雙臂，仔細看著我的樣子說：「我的女兒真漂亮。」

母親突如其來的讚美弄得我臉紅耳熱，我馬上扯開話題回應：「我去洗手，幫手開飯。」

為了燙髮，我真是儲了很久的錢，還要和母親撒嬌，讓她多給我一點零錢。我看見工廠的女孩子都紛紛去燙髮，燙髮的女仔又好像比較受歡迎，或許"那個人"也會喜歡呢！

為什麼我總想著他呢？

「西裝友」出現後，我漸漸開始注意自己的打扮，每天也會比以前早半小時起床，揀選上班的衣服和梳洗，出門前也不停照鏡子。

大表姐調侃我說：「有人十月芥菜 ...」

我不等她說完，就掩著她的嘴巴說：「別亂講，你忘了管工叫我們上班衣著要整齊嗎？我都是守規矩吧！」

「是嗎？我們佩芝原來是模範員工。」大表姐思考了一下，又再說：「模範員工與西裝友，絕配。」我被她一說，羞得說不出話來，作狀要追打她。

大表姐邊跑邊說：「快走，不要讓人家等。」

「哎呀！你還　……」

本來十分愛錫我的大表姐，最近特別喜歡嘲弄我，真是給她氣壞，但這無損我的心情。蔚藍色的天空，真好！

*　　　　　　　　　*　　　　　　　　　*

「西裝友」日復日出現在我眼前，就是下雨天，他也會一手提傘，一手握著單車的呔盤等我；夏天過了，秋去冬來，就算冒著寒風，他也會出現，但也只是出現在我眼前。

有幾次他好像想停下來和我們說話，一見他要停下來，我就心神不定，忐忑不安，好像雙眼失明的小貓，眼前一片黑，什麼也看不見，拉著大表姐的手一溜煙的逃跑。

有一次我還調轉方向，跑了回頭路，我羞羞的看了他一眼，又跑了。我偷偷回頭看他，看見他拿著手拍抹了抹額頭的汗，無奈地笑了笑，就好像在說這個女孩子真可愛。哎呀！受不了！怎辦呀！讓他看見我出醜了。

天氣轉涼了，為什麼還擦汗，是否生病了？是否等我太久吹風著涼發燒了？叫人擔心呢！他的笑容怎麼那樣迷人？

他是幹什麼的呢？難道真是映畫明星？如果他真和我說話怎麼辦……我又胡思亂想了！

我們 3 秒鐘的約會，雖然未曾交談過一句，但在這 3 秒我們就像能溝通一樣。

「咦！你燙髮了？」

「嗯嗯！好看嗎？」

「天氣很冷！」

「是呀！」

就這樣隔空對話，差不多過了一年。接近歲晚了，工廠忙著抓緊時間在收爐前起貨，我也連續加班了好幾天。

這天終於可以如常下班回家。就到家的樓下，大表姐說要買點東西，叫我先回家，我本來要陪她一起去，大表姐一向疼我，她知道我幾天加班後很累，著我先上樓休息。

我笑了笑和她揮手告別先行回家。

他叫喬林

我放下鎖匙，脫下鞋子，向在廚房裏的母親嚷道：「媽媽，
我回來了，大表姐說她去買東西，轉頭回來。」

「好！」炒菜聲夾雜著母親的回應。

我拉開飯桌前的木椅準備坐下來的時候，就聽見敲門聲，
"篤篤篤" 三下很輕的敲門聲，母親剛巧也拿著一盤餸菜
從廚房出來。

「阿芝，去開門看看是誰？」母親輕輕的說。

「好呀！我看一定是表姐忘記拿鎖匙。」

我又把椅子推回飯桌，然後走向門口開門。我按下門把，

把門拉開，正想埋怨表姐怎麼忘記帶鎖匙，害我櫈都未坐又要來開門。

"咔唎"一聲，我開門了，然後，"呼"一聲，我把門關上了。門前正驚喜萬分的「西裝友」，只是叫了一聲「呀！」就眼睜睜看著我把門關上，吃了閉門羹。

我背靠著門，一點也不相信自己的雙眼，怎麼會是他？在我家門前出現的，是那個每天穿著整齊西裝，樣子如明星一般，把我內心的天空填滿，天天騎著單車在我面前出現的「西裝友」！他仍舊是西裝畢挺，笑容滿面，但他怎麼會知道我住在這裏？他是跟蹤我的嗎？他要幹什麼？

我的心像要跳了出來一般，我清楚聽到自己的心跳聲，如果時間是跟隨我心跳流動的話，我相信那剎那已過了一年。點算呢？難道他真是心懷不軌？母親在家，我不怕，我的心平靜了點。轉念我又急了，現在一屋都只是女人和孩子，父親還沒回來......怎辦好？

呀！我不應門就好了，我盤算著。

剛才臨關門前的瞬間，我清楚看到他俊俏的臉上出現驚喜的表情，似乎他並不知道會見到我，而且怎麼想他也不似壞人，那他來幹什麼？

我心中滴汗。

母親見我驚惶的把門關上，就馬上把手中的盤子放在桌上，然後略帶緊張的問我門外是什麼人，為何我會把門關，我幹嘛樣子這般緊張？我一時語塞，正不知道怎樣解釋門外那個「西裝友」的事情。門外又傳來"嘭嘭嘭"三下敲門聲。

母親把靠在門的我拉開，小心翼翼的把門開了一道很小的門縫張望著，我也緊靠在母親身邊偷望。

母親笑了，她回頭瞪了我一眼，然後高興地把門打開，我就迅速躲進屋裏，坐在桌子後面的木椅上，雙手放在桌上托著頭，假裝不在意的看著。

母親笑笑口對「西裝友」說：「原來是太子爺，我今天沒有訂貨呢！」

太子爺？甚麼太子爺？我們家有什麼貨訂？我很好奇。我張望門縫，隔著門聽到「西裝友」回應：「呀！陳師奶，又過年了，我是來派日曆的。」

我聽到開公事包的聲音，還有好像一堆厚紙堆疊的聲音。

「這裏，大日曆一個。」他說。

我第一次聽到「西裝友」的聲音，原來是這樣的，綿言細語，我正陶醉著側耳聽他們寒喧。

「呀！剛才開門的女孩是誰？你女兒嗎？」「西裝友」用探聽的口吻問道。

「啊！是的，是我的大女兒，剛才對不起，她怕醜，見到陌生人嚇著，不小心把門關上。」母親連忙為剛才的事解釋。

「阿芝，快來打招呼！」母親轉頭看著我，揮手讓我走過去。

我對著母親搖了搖頭，母親輕聲說：「快來！快來！」我不情願地走近他們，我的腿像綁了兩個大鉛球，非常沉重，要踏出一步也很困難。

我好不容易才走到門前，母親推我站到她的前面，跟「西裝友」說：「這是我大女兒，阿芝，陳佩芝。」

她又拍拍我的肩膀對我說：「阿芝，他是我們一向幫襯的米舖的太子爺，我們一家的柴米油鹽都是在他們那裏訂的，快來跟太子爺打招呼。」

我轉頭望著母親，母親笑笑口哄我說：「阿芝，乖啦！」

這是我第一次正眼望著「西裝友」，我一直以為我們的緣份只有永恆的 3 秒，今天，他竟然就站在我 3 尺內的距離，還互望了超過 3 秒。

我尷尬得不行了，又緊張得魂不附體，魂魄好像飛到半空看著「西裝友」、我和母親三人站在門的兩邊僵持，還是「西裝友」先開口。

「原來你住在這裏，你叫陳佩芝呀！你好！我叫喬林。」他傻傻的笑著說。

我靦腆的回了一句：「你好！」

「你們家是在我們，我意思是在我家米舖糴米的，我以後有什麼需要，不是，是你以後......」看見他手足無措，胡言亂語，我忍不住笑了出來，然後發覺有點失禮，就匆匆鑽回屋內。

「哦！太子爺，你認識我們阿芝嗎？」

「嗯，我呀......」他靜了下來，像思考如何回答。

「我有時會在附近的工廠區遇見她，好像還有一個女仔。」

「是呀！阿芝和她大表姐在前面毛衫廠上班的呢！」

什麼"有時遇見"？明明每天都在等我，我有點嬲，太子爺了不起嗎？大話精！

我聽到母親和他道別，剛巧，大表姐回來，看見他的背影，緊張地問：「佩芝，剛才那個是不是"西裝友"？」

我正一肚子氣，一五一十的把剛才的事向大表姐覆述。

「你說他是不是大話精。」我憋著氣說。

大表姐若有所思地說：「那你想他怎樣說，舅母是他的客戶，難道要他跟舅母說我天天在等你女兒。恐怕舅母會用掃把掃他出門，以後不只無生意做，也沒可能再見到你了。你也是怕見不了他，才一直沒有告訴舅父母「西裝友」這個人吧！」

我聽著表姐說，覺得也有道理，只是嘴硬。

我扁著嘴說：「什麼掃出門口，他本來就在門口，我是沒上心這個人，才"忘記"告訴爸媽，還有，為什麼一定是在等我，或者是等你哩！」

心裏雖然正在說我知道他是等我的。

1967年年底，我正式認識喬林，我的初戀和我一生的最愛。

喬林相親

「西裝友」,不是,應該叫他喬林,他是長沙灣興華街一間米行的太子爺。

現在家家戶戶都在超市買米或網購直接送貨上門,我們以前都是到米舖糴米,一次會訂十斤以上,米舖就一大個麻包袋直接送到家裏。喬林家的米舖,還有其他油、醬油等等,母親都會糴米時,通常會連同其他的東西一起購買,是米舖的熟客。

米舖的老闆是喬林的父親,他有兩個妻子,一個在鄉下,另一個妻子就在香港。以前香港未有重婚罪,有錢人家三妻四妾也沒問題,喬林是他和鄉間的髮妻所生。

喬林負責舖頭的業務，就是"行街"的工作，每天一早就往外跑業務，往往晚上 8 時後，才回米舖吃飯，然後就在舖頭的米桶頂上睡覺。

他是孤家寡人，平日最注重的只有工作，在什麼地方睡覺，他並不在意。做好工作，得到父親的讚賞，他就很滿足。他工作十分勤力，他父親也很信任他。

知道我的名字和住址後，喬林變得積極，他曾經想找住在我家附近的鄰居作媒。

「你認識 4 座 5 樓有 3 個女的陳師奶嗎？不知她大女兒要嫁人了沒有？」喬林用試探的口吻打聽著。

鄰居說：「有 3 個女一個仔，521 那個陳師奶？她女兒好像還很年輕吧！我見他們很疼錫子女，沒有那麼快想把女兒嫁出吧！」

鄰居這樣回絕了。

積極的男人最吸引，他們不論遇上什麼困難也不輕易放棄，總會努力把事情做好。喬林後來手舞足動地告訴我他相親的事。

喬林找不到人做媒，但又不敢告訴一向十分嚴肅的父親，於是，他把自己想成家立室的想法，告訴他在鄉間的母親。

喬林比我年長 9 歲，她母親也正在憂心兒子成家的問題。既然兒子自己提出，做母親當然立即行動。

她在鄉間請人寫了一封家書給在香港的丈夫，即是喬林的父親。

信中她責備喬林的父親沒有盡父親的責任，好好照顧兒子，還說很後悔讓兒子跟他生活。她說兒子盡心為家庭付出，但連一個正式的家也沒有，責怪他只顧自己在香港娶妾，也沒有為兒子打算，兒子已到適婚之年，早該為他找媳婦。

喬林的父親其實也很愛錫自己的兒子，只是他以為社會流行自由戀愛，他就讓兒子自己找對象吧！既然髮妻這樣說，喬林的父親馬上找媒人，拿女孩子的照片給喬林相親。

喬林回到米舖，他的父親就拿出一堆照片讓喬林選擇。

「喬林，來這裏」，喬林一踏入米舖門口，坐在舖面的父親就叫他。

「是那裏要收帳嗎？」喬林問。除了接生意，喬林也負責收帳。喬林見父親從櫃檯拿出一疊紙，以為有數收。

「不是，你來看一下！」父親把那一堆紙攤開放在櫃面，喬林脫下西裝外套和領呔，再走向櫃檯，俯身看父親拿著的紙，原來都是女孩子的照片。

「你看看有那個合眼緣！」父親望一望喬林，示意他看看。

「我覺得這幾個也不錯，這個很漂亮，這個也不賴……」父親拿著照片評頭品足。喬林則面有難色，看了兩眼就走開了。

「怎樣？都不喜歡？」父親問喬林。喬林搖搖頭，父親把照片都放回櫃檯，然後說：「不要緊，明天媒人會再拿照片來，你再揀吧！」

喬林一向也很孝順父親，所以父親的說話他都順從，但這次是他自己的人生大事，他就膽粗粗和父親說：「阿爸，不用再給我看照片，都不合適。」

父親瞪眼看著喬林說：「你阿媽寫信叫我幫你找老婆，你說都不合適，那你說，你有什麼要求，我叫媒人去找。」

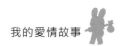

他很認真的對父親說：「我有心上人了。」

「什麼！為什麼不早點告訴我，快帶她回來見見我這個老爺。」

「不是這樣的，是我看上人家，不知人家怎想。」

「是那戶人家，我叫媒人去說媒。」喬林父親心急的問。

「她叫陳佩芝，她住在這裏 4 座 5 樓 521，除了她之外，我不會和其他人結婚。」喬林很堅定的說。

喬林的父親就馬上對外揚言，如果誰人能撮合喬林和我，可獲 500 元媒人大利是。當時米舖請一個夥記月薪才 50 元，500 元差不多是一年人工了！

喬林望向夜空，只見一彎明月在天。「明天可能會下雨了。」喬林看見月亮被一抹水氣籠罩著，自言自語的說著。

父親約見喬林

財能通神，媒人到我家說親了。

那天我下班回家，弟弟一看見我就偷笑，我問他笑什麼？他笑得更大聲，放高聲浪說：「剛剛有人來說親。」

「說什麼親？」我問，我的心怎麼突然怦怦的跳，「佩芝，冷靜點，你的心跳聲連弟弟也聽見了。」我暗暗和自己說。

「有人要和你結婚呀！米舖的。」弟弟興奮地說。

天呀！我快要暈倒了，開米舖的，一定是他了！他叫喬林呀我記得。米舖太子爺想娶我？我心裏一直思念的那個人提親了，映畫戲的橋段竟然發生在我的身上？ 我眼前一片空白。

母親聽見弟弟的嘈吵聲走出廳，發覺弟弟已將說親的事告訴了我。父親剛巧回來，就問母親發生了什麼事，為什麼我的臉一片紅。母親拉父親到一旁，將媒人提親一事告訴父親，父親瞄了我一眼，我羞羞答答的低下頭，踢著拖鞋。我聽見父親輕聲問母親：「阿芝知道嗎？」母親點點頭，父親語帶責怪的對母親說：「嘿！為什麼告訴她，阿芝還那麼小，嫁什麼！你叫媒人來我推掉。」

媒人登門，父親叫媒人回絕這門親事，媒人落足嘴頭游說父親，父親沉默良久對媒人說：「叫他親自來見我。」

*　　　　　　　　*　　　　　　　　*

見面的地點是一間在家附近的冰室。那間冰室並不是很華麗，平實中帶優雅，冰室的天花懸掛了大吊扇，冰室門前視窗的窗簾，隨著扇面吹動輕輕擺動著。後來，喬林也有帶我去過這間冰室，還繪影繪聲地告訴我那天的情況，他是如何地緊張……

喬林仍舊穿著畢挺西裝，懷著不安的心情赴約，父親見到喬林先上下打量，然後坐到他的旁邊，拍拍他的肩膀。

「我看你都是老實人，我不知你為何看上我家阿芝，坦白說，阿芝才 16 歲，年紀還是很細，我們家環境也不好，

很需要阿芝打工幫補家計，我實在不贊成，也不捨得她那麼年輕就出嫁。」父親言重心長的說著。

他沒等喬林回應就繼續說：「我有另一個提議，阿芝有一個比她大幾年，與你年紀也相配的表姐，阿芝媽媽有向我提過，你曾經在街上見過阿芝和她表姐，你對她表姐應該有點印象，她也是一個好女仔，好斯文，會是個好老婆。」

父親不停稱讚大表姐，想把大表姐介紹給喬林。

「世伯，多謝你的好意，我相信阿芝的表姐是個好女仔，但抱歉，我不會娶她的，我的心裏只有阿芝。」喬林禮貌地拒絕了父親。

「你不想娶阿芝的表姐，我也不勉強你，始終是要過一世的侶伴，但阿芝太年輕了，我不想她那麼快離開屋企。你還是再找其他好女仔，我聽說媒人也給你介紹了很多女孩子。」

父親說完就準備離開。

「世伯！」喬林著急了，他捂住嘴思量了一會，「我真的很喜歡阿芝，如果你說阿芝年紀還小，不如我先和她訂婚，等她 21 歲我們才正式結婚。」

「但是」

「你不用擔心，我知道阿芝還需要養家，不如這樣，反正你們家一直都是幫襯我家米舖買生活上的必需品，以後這些東西就免費提供，再加每月二百元現金，就相等於阿芝打工交家用了。」

父親聽後，有些動搖了。

他對喬林說：「我明白你的意思，也收到你誠意，我回家會與阿芝和她媽媽商量一下，阿芝的想法也很重要。」

喬林告訴過我，他第一次遇見我的情景。

那天，他因為收不到帳，納悶地等過馬路，那是條異常多車的路，行人都逼於遵守交通規則乖乖地等過路，喬林就在一輛汽車在眼前駛過後，看見在對街，同樣等過路的我。他說看見我那天使的笑容，將他的不快通通立即踢走，還說我那雙好像裝滿星宿的眼眸，將他吸引過去。他不自主往前踏步，幸好交通燈的綠公仔及時亮起，否則明天報紙就可能有"一名路人不小心過路發生交通意外"的報導。我聽著哈哈大笑起來。

喬林說如果不是那個麻煩客，就蹤不到我，壞事可能是好事的兆頭，凡事平常心就好。自此之後，喬林就忍不住在街角等待我。

父親的回覆，自然令他擔心，但他相信好事會發生的。

不如先拍下拖

「你認為如何？」父親在家裏問我。

「我一向都覺得太子爺很不錯，他的人很有禮貌，如果阿芝嫁給他，就有個好依靠，他還提出這麼好的條件，那阿芝嫁了我們生活仍有保障。」母親望著正在修理木椅的父親說。

「我雖是第一次見他，也覺得他有禮貌又穩重，阿芝能找到這樣的丈夫也不錯。但阿芝才 16 歲 . . . . .」

「就是啦！我也捨不得阿芝。」

「我有提議他揀阿芝表姐，他斬釘截鐵拒絕了，也不知他為何那麼喜歡我們阿芝？」

「不如讓女兒和他試下拍拖，如果真不喜歡，我們就回絕他，阿芝，你看如何？」

「阿芝。」

「阿芝。」

我聽見父母在叫我，但我整個人仍舊凝住，一動也不動。

「天色都變了，又打風了，希望今次家裏的門窗沒事！」我聽到母親說。

不知何時父母轉了話題。

「沒法，就怪我不中用，如果有能力自己買層樓就沒問題了。」父親沮喪的道。

「不要這樣說，還是想想如何和太子爺說清楚。」母親望向我，「阿芝，就先拍下拖再決定，你也大個女了。」她輕撫我的手溫柔的說。

話題又回到我身上，我仍然一動也不動，實在太震撼，我需要時間消化。此刻，我只想呆呆的望天。

情路殺出 "程咬金"

我的情路看似一帆風順，情郎是自己喜歡的，父母親也開
綠燈，凡事好像得心應手，一切變得理所當然。可是世事
就是不完美，人哋話"瘦田無人耕，耕開有人爭"。

住在我家隔鄰那個父親的雀友周師奶，得知我要結婚的消
息後，竟然走來游說父親對我的婚事要三思。她說喬林的
家庭複雜，喬林父親有兩個妻子，有一個在香港，我過門
以後要服侍二個奶奶，到時肯定不好受。她說她兒子其實
一直很喜歡我，只是不敢說，想著不用急著結婚。她的意
思是想等我大點，才向父親說親，估不到有人捷足先登！

周師奶不停重複她的說話，希望能打動父親。父親一向一
諾千金，而且他很喜歡喬林，所以對周師奶的提議，只是
笑笑口的說：「你兒子條件那麼好，他日一定會搵到更好

的對象，我們阿芝已許配人家，準備訂婚了。如果你有本事可以令阿芝改變主意，你就和她說吧！」

周師奶見父親不為所動，她仍舊是不到黃河心不死，轉而直接找我傾談。她對我說，她的兒子很喜歡我，一直暗戀我，說她的兒子有多好多好的，我對她的兒子的印象其實不錯，可是我已經有喬林。

她口若懸河的說，見我沒什麼回應，她繼續發功，說萬一我不喜歡她的兒子，她可以為我介紹其他對象；如果我喜歡開米舖的，可以介紹她開米舖的親戚給我，還說他的家庭情況簡單一點，講明婚後不用我到舖頭幫忙。

她的舉動反而嚇怕了我，我對她說我是嫁人不是嫁米舖，我以為這樣就回絕了她。她仍繼續說我年紀還小，日後還有大把選擇......叭啦叭啦的說過不停，不知道的還以為她是開媒人公司在拉生意。

是我太可愛還是喬林得罪了她？我不深究了，一心只想著和喬林的約會。

"無厘頭"的事何只一、兩件，那天我休假在家，第一次見到屋邨的"收租佬"來收租，以前的公屋都是每個月頭有屋邨職員，逐家逐戶收租的，母親叫他"收租佬"。他

是周師奶的親戚，從周師奶口中知道我要結婚，竟然調侃我，說什麼很愛慕我，很喜歡呀，不如和我結婚吧！真是真心？

後來，他仍不死心，每次我在家，他也會借故，坐很久才走。

在工廠裏，我仍是桃花不斷，在我任職的毛衫工廠老闆的弟弟，老是會偷看著我，弄得我渾身不自在。我做縫盤，他是做織機的，工作位置很近，他常常偷看我，結果會不小心讓車針紮了指頭，我看見總是輕輕歎口氣，心想專心工作就好，為什麼要東張西望。他又常常藉故坐到我的身旁，約我上街，雖然他的樣子也可稱得上是俊俏，但遠不及我的喬林高大俊朗，套用現在的語言就是"高顏值"。

我和喬林訂婚後仍如常上班，他又偷偷望著我，聽見我和其他人說我訂婚了，他一個不留神，手就被車門夾了一下，他憤怒地大叫了一聲，不知是因為夾到了手痛，還是知道我訂婚心痛呢！

那時，我和父親是在同一間工廠上班，所以，他也認識我的父親，知道我訂婚的消息，他就拉著父親高談他的遠景，他知道父親很想開毛衫廠，於是就叫父親把我嫁給他，利誘父親說可以和他一起開工廠，由他負責織機，我做縫盤，父親就打理燙衣的部份。他說將來的工廠一定會

比哥哥現在的毛衫廠規模更大，叫父親推掉我和喬林的婚約，誇下海口說，如果我嫁給他，將來必定有好日子過。

父親告訴我開工廠是他的心願，他真的有考慮把我嫁給他，幸好，父親一向疼錫我，所以，他最後都隨我意願，讓我嫁給喬林。

最搞笑的是，那個工廠老闆的弟弟仍不甘心，說要和我商量重要事情，把我拉到一旁，很嚴肅的說：「我們兩人都各自有未婚夫和未婚妻，不如我們拋棄他們私奔吧！」我看著他認真的樣子，不知為何想發笑。

我實在不明白為什麼平地一聲雷，跑出那麼多追求我的人物，但我現在心中只有喬林，沒興趣瞭解其他人。

我們訂婚了

我和喬林拍拖不久就訂婚了。

還記得我們第一次的約會，喬林帶我去青山道"嘉頓"附近的"雪山餐廳"飲西茶，餐廳鋪的是白色馬賽克地磚，白色的椅子配襯玫瑰圖案的桌布，我和喬林坐在卡座，卡座之上有花瓣形狀的掛燈，牆上貼滿一幅幅荷花、金魚的印刷畫，喬林話帶我試下飲檀島咖啡，我覺得咖啡味帶點苦，喬林就為我另外叫了一杯"滾水蛋"。

咖啡和滾水蛋是什麼美味，我當時其實不太清楚，因為在進餐廳前，喬林借過馬路第一次拖我的手。第一次俾人拖手，好驚，整天都是十五個吊桶七上八落，但喬林的手是那麼溫暖，正好為我冰冷的雙手添暖。

喬林送我回家後寫了一封信給我，寫信是我們年代溝通的方法，和現在手機通訊應用程式一樣，只是我們是用紙筆、信封，還要到郵局貼郵票寄信，過程繁複但更顯誠意和浪漫。喬林在信中感謝我陪他飲茶，又說感激我母親把我生下來，他才可以遇上我，還跟我拍拖......真是誇張得讓人感動。

夜裏，我在微微的星光下把信細閱了好幾次，直至母親催我休息，漆黑夜空為何這樣明亮，不知夢中會否見到喬林呢！

第二次和喬林約會，我記得那時接近聖誕節，我們在青山道的"新華餐廳"飲茶。餐廳有兩層樓，我和喬林就坐在樓下卡位，喬林說這間餐廳的蛋撻很有名，一定要試試。

正當喬林和我說著寫信的問題，餐廳的夥記放下一碟蛋撻，然後就跟我們聊起天來，他說做餐廳十幾年都未見過那麼登對的男女，好合襯，真是"郎才女貌"。喬林聽到之後，高興得不得了，又多叫了兩件蛋撻，邊吃邊說這裏的蛋撻真甜，「是食物甜還是心甜呢？」我在想。

喬林送我回家道別後，又不忘回頭叮囑我，一定要回信給他。

他真是一個癡情小夥子，自從叫我回信後，他每天都會站在米舖門口等郵差派信，在街頭遠遠見郵差出現，他就會跑去問郵差有沒有他的信。

苦苦等待，這天，他終於收到我寄來的信，我趕時髦寄了一張聖誕咭給他，他收到開心得像孩子收到禮物一樣，咭內我寫了一句"非君不嫁"，他眼含感激，站在舖頭門前，好像要隔空對我說一句"多謝"。

喬林一向待我如公主，他很喜歡帶我去買衫，只要我喜歡的款式，他都要售貨員將店內其他同款不同色的旗袍都打包，他說喜歡我每天都穿著漂亮的衣裳上街。

有一天，剛打完風吧，前一天的晚上強風將我家的窗子吹開，雨水隨著風飄進屋內，家具都沾濕了，又讓我想起兒時長洲下大雨的狼狽情景。隔天，喬林約我外出，我就是無精打采，他不知道我發生什麼事，緊張得不得了，又摸我的手又用手量我額頭的溫度，深怕我發燒生病。

我望著他，無力的說了一句：「喬林，你可否買層樓給我爸媽呢？」

我突如其來的要求，喬林並沒有露出絲毫不悅，只緊緊抱著我，也沒有問任何問題。

他溫柔的說：「好的，只要我能力許可，就買吧！只要你喜歡，天上的月亮我也摘給你。」他的說話溫暖了我，讓我莫名的感動。

我打趣的說：「我要天上的星星。」

他說：「好呀！就摘給你。」

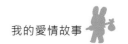

我們結婚了

我們就如一般情侶拍拖去看映畫、上餐廳、逛街購物，一直都很甜蜜，有次我們在閒聊，喬林突然緊捉我雙手，很認真的對我說：「我對你是一見鍾情，一開始就是你，我眼中只有你。」

我的心甜絲絲的，原來拍拖的甜蜜感覺是這樣，就像浸在大蜜糖罐，被甜蜜包圍著。

後來喬林終於忍不住，在我們訂婚之後過了一年左右，向我父母提出要和我結婚。當時我還不足 18 歲，結婚必須要有父母簽名同意。喬林為了要和我結婚，簽下了承諾書，承諾關顧我全家，父母終於被喬林的誠意打動，同意簽名讓我們正式結婚。

1968 年，我與喬林結婚了。

出嫁那天，喬林在一隊伴郎和兄弟的簇擁下來到我家門口，鬧哄的嚷著：「新郎到了！」我穿著結婚套裝在房內等著，母親一邊給我梳頭，一邊淒然淚下，父親在旁安慰她說：「好日子，不要哭啦！」母親接過父親遞給她的手帕，抹乾眼角的淚珠，心酸地說：「我捨不得阿芝呀！」看著母親，我本來興奮又期待的心情，突然消失了，我抱著母親說：「媽媽，我也不捨得你呀！」父親看著母親和我傷心流涕的樣子，也不知如何是好；然後，他不單沒有叫我們不要哭，竟然和我們大大聲的哭起來。

房外傳來伴郎伴娘的鬥嘴聲。

父親側著頭了，哽咽著說：「我出去看看，你們別哭了，喬林很快就接新娘了。」一聽見喬林兩個字，我的心又飛上九霄雲外，趕緊問母親：「我今天漂亮嗎？」

房外又傳來喧鬧聲，喬林進屋了。喬林見父母姐妹都眼泛淚光，本來咧開笑得很開心的嘴又合上了，他應該是不瞭解我的家人為何如此傷心，為何顯得如此難捨的樣子。伴娘伴郎又繼續鬧嚷著，將不快的氣氛抹走，忙了一陣子傳統禮節後，大夥還是高高興興的上酒樓飲喜酒。

我倆租了一個唐樓單位，作為新婚居所，一房一廳，地方不大。喬林對我說：「暫時只我和你，這裏夠住了，遲些我們有小孩子，再找大點的。」

小孩子？我聽見後害羞兩頰泛紅，喬林走過來，擁著我，輕吻我的額頭，「我以後每天也要這樣攬攬錫錫的。」

喬林深情的望向我，我把頭靠在他的懷裏，他輕撫我的頭髮，然後我倆望著窗外的夕陽，天際的一抹紅霞好像在和我的臉比較那個更紅。

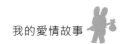

婚後到米舖看舖

喬林很喜歡我打扮得漂漂亮亮的，結婚前與結婚後也是如此，他老是喜歡給我買衣服，那時候旗袍是時裝主流，他經常會同一款旗袍給我買齊不同的顏色，只要我選了一個款式，他就會叫裁縫師傅用不同顏色的布料都各做一套。其他的東西也是一樣，只要我說一句喜歡，他就統統買下來。

記憶中，有一次我們去先施百貨買床舖，我挑來揀去，覺得很多款式都很漂亮，正猶豫不決，他竟然直接叫售貨員把我認為好的全都包好，都買下。之後，我們在附近找了一家餐廳坐下吃點東西，坐定之後，我有點不安，思來想去，覺得總不應該同款的東西買一大堆吧！我想返回先施換點別的實用的生活品，喬林就按住我不讓我去。

他喃喃的道：「只要你喜歡就可以了！只要你開心要買就買吧！」

我的心甜甜的，比眼前的甜點還甜，腦海中浮現了裁縫師傅的一句話：「都未見過有老公那麼愛錫老婆的！」幸福美滿的感覺從心中蹦跳出來。

結婚之後，喬林繼續他"行街"的工作，我就在米舖幫忙看舖，老爺人很好，在舖頭裝了三部電話，其中一部是專門給街坊借用的，當時仍然有很多人要借商舖的電話使用。那個時候的香港並非每個家庭都有電話，像現在每人手拿一部電話當年更是沒有想像過。

喬林要我每天穿著靚靚的坐在舖面，長衫旗袍要天天不同，他喜歡我每天都明豔照人，殊不知這樣惹來了一班狂蜂浪蝶；周師奶的兒子、之前打工工廠紮到手的太子爺、來我家收租的收租佬，還有一個長沙灣差館的幫辦，都會以借電話打為由，到米舖看我一下。

其實他們每次出現，我已經藉故避開，或是扮忙側過面不理會他們，但他們仍然不停出現又不肯離開。

有次，周師奶的外甥顧著偷看我，都不知是否真的有撥電話，舖頭的夥記剛巧路過，見他這樣，還笑他厲害，沒撥電話也可以講電話。那個幫辦最搞笑，他以為我是老爺的細女，竟然叫他的母親問我的奶奶，可否介紹我給他認識，他說很喜歡我，還想向奶奶提親呢！店內的夥記也說，不知為

128

什麼自從我來幫手後，舖頭天天都多了很多人借電話，又行來行去無幫襯，只是來看靚女！

這樣說來，我自己也覺得有點誇張，但也是實話實說。

幸而，喬林對我非常有信心，很相信我，亦不介意。他認為是自己妻子太漂亮，還自豪的說：「我得到，別人得不到！就由得他們羨慕吧！」

看舖的日子，我也是挺忙的，舖頭和家庭都必須兼顧，聽電話，落訂單，照顧丈夫，孩子們相繼出世，照顧孩子，心力不少，日子過得更忙，時間過得更快。

眨眼間，我和喬林已育有一子三女。

我們的幾個兒女，一直都很乖巧，放學後他們都會到米舖幫忙，所以，日子雖然過的忙碌，但很愉快。一家人相處，開心的事情很多，吵鬧的、驚險的事偶有發生，包括一件有驚無險的意外。

話說某一天晚上，我如常在舖頭門前的地主供香，怎料風太大了，香燭的火舌飛進米舖，焫著舖頭內裝米的麻包袋，著火了，舖頭內的米都是一袋袋麻包袋堆高，燒著了可大可小，幸好兒女都在，喬林和幾個兒女馬上慌忙救火。大家同心協力，有的拿水，有的把米袋拖開。我呢？可能因為兒時曾發生類似的意外，所以我呆立當場。幸好，他們幾個機靈，好不容易，火勢被撲滅了。

這件事情我本來無甚印象，後來細女向我提起，我還連連的說，沒印象。

日子一天天過去，香港經濟開始起飛，社會進步，但對米舖而言，並沒有帶來好處。相信很多人都聽過“銀行多過米舖”這句，當年米舖真是成行成市，可惜後來超級市場的出現，打破了香港市民到米舖訂米的傳統，大家都去超級市場“自助購物”。不管喬林如何努力工作，米舖的生意也大不

如前。我曾經和喬林說過，我們米舖的生意會被超級市場逐步蠶食，只會越來越差。

為了應對大趨勢，當時我想我們不可坐以待斃，於是我將舖頭的生意稍為擴展了一下，撥了一些地方賣服裝和日用百貨，多開源，幫補一下收入。

幾年後，老爺因病仙遊了。喬林繼承了家業，接手管理全盤生意。

我的事業

續約觸礁

老爺過身後，喬林要處理的事不少，米舖舖位續約是其中一件。米舖的舖位一直都是租用的，剛巧舖位的租約期快滿，於是，我和喬林就去找業主商量續約事宜。

業主對我們說：「續約不是問題，但你伯爺應承我每次續約，除了加租之外，另外會給我一筆"建築費"。」我和喬林對望了一下，有點驚訝。

「什麼"建築費"？」我詫異地問。

「你老爺每次續約都會另外付"建築費"的。」業主不耐煩的回應我。

突然提出"建築費"讓我們有點措手不及，我想他說的"建築費"，應該是老爺第一次租舖時舖頭的裝修費吧！租地

方付一次性裝修費，還可以接受，如果每次續約也要再付"建築費"也太沒道理了。

「這樣太不合理了！我不同意。」我衝口而出。

「這是我和你老爺的協議！」業主提高了聲線，帶點怒氣。

「現在生意由喬林接手......」我還想說下去，看了一看喬林，喬林一直是和平派，不喜歡和人爭吵，我忍下了不再爭辯。

我對業主說：「我們回去再考慮一下。」說完喬林就拖著我離開了。

舖頭續約的問題，暫時擱下了。

買下相連舖

我想我們也要打算一下，真傷腦筋！我在舖頭附近，街頭街尾掃視舖面的情況，又是晴朗的一天，我抬頭望天，深深吸了一口氣，心想方法總比困難多，沒有難成的事。當我視線往下望時，就給我發現同一條街不遠處有一座剛剛落成的新大廈，我走近去，發現大廈地下建有舖位，我打量了一下，當中有一個大約千尺的舖位，一個兩舖相連位

的舖位，裏面的間隔還未裝修，「太好了！」我心想，這個千尺的舖剛好適合我們搬新舖，如果是自己物業就不怕被業主提出無理要求。

我趕忙跑回舖頭，拉著喬林過去看一下。

「是好地方吧？」我說。喬林在舖位走來走去細看，一邊走一邊想像貨物的擺放位置。

「這裡做收銀、這裡是倉……」我倆都興奮得不得了。我們互相對望了一眼，笑了一下，然後點點頭，就決定將舖位買下。

舖位 1200 呎，98 萬，我們馬上落訂。

帶著興奮的心情回到家裏，口裏喃喃的說著：「要搬舖了！」但腦海中忽然閃過那間相連舖的影象。我又猶豫了！搬舖一潤三大，總要找多些收入，那相連的舖位面積夠大了，湊合可以間成三間舖面，好用。現在的人都喜歡去超級市場買米買雜貨，對我們舖頭打擊可大，生意正日漸走下坡。如果有三間舖，就可以搞點其他業務，也可以出租增加收入。

我將我的想法告訴喬林：「不如我們改為把相連舖位買下來⋯⋯」。

喬林說：「那首期要多很多呢？我們的流動資金⋯⋯」。

我當然明白喬林的擔憂，我也不想多付首期，但凡事總有辦法解決，嘗試過才知道有冇可能。所以，我們馬上跑去找大廈售樓部的職員，詢問他換舖和不加付首期費的可能性。

我問他：「如果把兩間舖一齊買下，價錢可不可以平宜點，反正還未裝修間隔，裝修費可以省下了。那首期可否跟1200呎那間一樣呢？」

那位職員笑笑口回應：「你已經落訂了之前的舖位，改變主意換舖我不知道可不可以，相連舖要158萬，首期是不一樣的呀！我都是打工的，做不了主，要問大業主，不過他在加拿大，過幾天才回來，如果你們有興趣，留下聯絡電話，等他回來和你們傾吧！」於是，我們留下舖頭的電話號碼做聯絡。

過了幾天，我們就收到大廈售樓部那位職員的來電說，他的老闆，大廈的業主回來了，想約我們到九龍塘見面，商議買舖的事情。

我和喬林依約赴會，之前我和喬林還在盤算要如何和大業主協商，有什麼可行策略，但打開話匣之後，發現原來大業主的老婆和我是同鄉，都是潮州人，而且打起算盤也算是親戚，馬上討論的氣氛好多了，更有相遇相知的感覺，我把兔兒流浪來港的經歷、打工、和喬林相遇締結良緣，以及當下想創業的事告訴他們，他們聽罷，對我們十分支持，還提出可以為我們擔保向銀行貸款買舖。

要買相連舖，我們的確需要資金，而且金額也不少，我和喬林商量後，決定拿當時我們住的那層樓做按揭，籌夠錢俾首期。

老舖成功續約

決定買新舖之後，喬林還是捨不得老舖，所以，我們仍然繼續和老舖業主商談續約，我擺出一副不在乎的樣子，告訴老舖的業主我們已經買了新舖，不一定要租他的地方。那業主似乎並不相信，覺得我是胡亂吹噓。

「不是吧！那麼快買了舖，不信，不信，新舖在哪？帶我去看看。」業主抽一抽衣袖，瞪眼望著我說。

「真的，就在前面街，還可以間成三間舖，我帶你去看一下！」我豎起手指比劃著二和三這兩個數字。

我揮揮手，示意他跟我走，就帶著他往新舖去。

「就是這裏，怎樣？面積也不算小吧！」我笑笑口，帶點得戚的說，有點像要向他示威。

業主左看右看，沒有作聲。然後，他開始猶豫了，不再堅持要收"建築費"。

「你們真有本事，真的買了舖。那你還要租我的舖位嗎？我一直都是租給你們家的，我就看中你們老實有信用，不怕你們不交租。這樣吧！就照你們的意思，我不再收"建築費"和你們續租吧！」

「你不收"建築費"的話，我們也很想和你續租，但我們已買新舖，多一個舖位我們未必可以用上。正如你說，我們和你租了十多年舖，從來也未曾遲交租，如果你准許我們做二房東，將舖位出租，我們就和你續約。」

我打蛇隨棍上，也有點佩服自己腦筋那麼靈活。

「做二房東？這樣⋯⋯」

「我們也不是要佔便宜，只是想把出租後賺到的錢，寄給鄉下生活有困難的親友。」

這是我和喬林商量好的決定。

「發財立品,你們那麼念舊,那好,我也不想再找新租客,就續約吧!」

我們和老舖業主就這樣達成了續約協議。

喬芝地產公司成立

買下相連舖位後，我就把它二變三，將兩個舖位拆為三間，在續租的老舖和新地舖基礎上，除了繼續經營喬林家的本業，我逐步拓展起自己的地產業務。拆為三間的新舖兩間出租，留一間自用，後舖經營米舖，有兩個夥記繼續幫忙米舖業務。前舖售賣衣服、百貨和做點物業代理，都是我一個人負責，現在回想起，也不明白自己如何做到，像個鐵人。

為何突然跑出物業代理的生意？可能是上天對我的眷顧吧！

買下舖位後，我看到附近有新的樓盤在動工了，於是我決定兼職做地產經紀。那時開始流行買樓花，就是未有現樓先行買賣樓盤，近水樓台，因利成便，我順勢就做了這樓盤的物業代理，這業務也算是後來地產代理生意的雛形吧。

我有感米舖逐步被超市淘汰，就勸喬林早日轉型。

米舖在長沙灣紮根多年，本身就有很多老客戶，我和喬林兩個和附近的街坊也很稔熟，當他們知道我們開拓新的地產業務，都很樂意幫忙介紹生意。

1988 年，我們正式成立 "喬芝地產公司"，將房地產生意進一步推上正軌。

憑藉我精明的頭腦，結合喬林忠厚，勤奮的性格，加上兒女們的參與，一家人齊心合力，地產公司的生意蒸蒸日上。我和喬林的黃金時間開始了，事業和家庭雙贏。

我和喬林結婚後感情一直有增無減，自他街上風雨不改苦苦守候我一年之後，我已經知道我們是不可分開的一對。我們倆就像俗語所說的 "糖黐豆"，從不分開。

喬林是一個很細心的忠厚男兒，他對我可以用 "寵" 字概括，喬林常對我說，有我在他的身邊，"天天也是情人節，每天都要錫錫，要攬攬。"

我就像月亮的玉兔，身旁有吳剛護蔭著。由創業至 2010 年喬林生病前，42 載歲月在甜蜜，愜意中度過，就像活在

人間仙境。我也因為他的 "寵" ，全心全意為家庭付出，全心全意在事業打拼。

香港當時經濟發展蓬勃，四處也有新樓盤落成，我們這類地膽地產代理舖生意也非常暢旺，當時我們舖面的窗前，貼滿密密麻麻的樓盤，非常壯觀。

這些年來，香港地產經歷了多番起伏，地產公司開業不久，就出現港人對前景信心問題，樓價曾經大跌，後來又再升升跌跌。2010 年，香港樓價和租金再創新高，樓價升至普通市民難以負擔的地步。

香港回歸後不久，亞洲爆發金融危機，地產市道受到重創，很多業主變成負資產。

當時我們亦不能幸免，2003 年沙士，我們由 "相連舖位" 分間出來的舖面，不用說也成為吉舖，在要供樓又要供舖的情況下，倍感吃力，最後我們也只好忍痛出售 "相連舖位" 周轉。當時的市場環境也並不是你說要賣，就有人要；好不容易找到買家，我們決定用連租約包租 8 萬元的條件，吸引買家承接。最後舖是賣出了，但包租 8 萬元對於我們來說，也是一個沉重的負擔。我深信天無絕人，只要努力，總有生機！

我們和喬芝地產公司，多年一直沒有卻步，與香港一起經歷幾許風雨，茁壯成長。

喬芝地產的業務宗旨是致力為客戶提供優質卓越的服務，以客為尊，誠懇待人，我也實實在在的為很多客戶提供了良好的服務，為客戶尋找理想安樂窩，也為客戶賺取了利潤，客戶對我和對公司也非常信任。

喬芝地產所以能成功，除了是當時的天時地利，我想也和我的"人和"，有著極大的關係。我一直都覺得我的"人緣"很好，特別是"異性緣"，有時好得令我害怕。之前不知為何招惹的那一群狂蜂浪蝶，幸好，喬林只當笑話。這是一件很奇怪的事，我曾經跟母親嘀咕了很多次，

「為什麼那麼多男人說鍾意我？」

「啥知道！」母親乾笑兩聲。

我對鏡自賞，我是否真是天生麗質，國色天香？為什麼招惹那麼多桃花？我微微笑了一下，我從小就愛笑，我笑起來和藹可親的，眼角微微上揚，菱角小嘴討人歡喜，加上我一貫"會友以情"、"待客以誠"為宗旨，很多客戶都愛和我聊天，談論投資的經驗，在在都對我的事業帶來正面的幫助。

一個硬幣有正反兩面，有正面也會有負面，我的 "人緣" 運也會讓我帶來意想不到的故事。

記得曾經有一位做則師的客人，他經常都會在公司舖頭前彎下腰，很認真仔細地逐個樓盤細看，偶爾我也會和他聊天，可能因為我往往都能給他獨到的意見，他也很喜歡和我攀談；直至有一天，有一位穿著優雅的女士走進店內，神情氣急敗壞又帶點霸氣，左顧右盼好像在找人的樣子，我見狀馬上上前招呼，客氣地問她在找誰？女士瞥了我一眼，又掃視了公司所有女同事，耍手說沒有什麼。

就在同時間，經常來公司的那位則師先生也來了。我當然立即招待，女士見我和則師傾談，就露出驚訝的神情，端詳了我好一會。則師一看那位女士，原來是自己的太太，就問她為什麼會在那兒？那女士突然不知說什麼好，我心想，這對夫婦怎麼了？我馬上打完場，請他們坐下詳談。

說來好笑，原來那位女士知道她的老公最近經常來這裏看樓盤，好奇怪為什麼老公突然對樓盤有興趣，所以懷疑他的企圖是來看靚女，於是她就想著要自己來看一下，究竟這裏有什麼吸引，是否有什麼美人，令到老公幾乎每天都要來一次。

我心想，我的異性緣又作怪？那位則師聽見太太這麼說，馬上責怪她失禮，說她想歪了。我忙不迭說：「我已結婚，兒女都十多歲了，我並非隨便濫交之人，只是你也知道我們幹這行的，最重要是與客戶溝通，交談是少不免的，你不要誤會。」傾談一輪後，那則師太太表情祥和了不少，她跟我說：「我見到你也覺得你不是那些會勾勾搭搭的人。」

這麼一鬧，我們反而成了好朋友，她們倆夫婦一有時間就會來舖頭坐坐。這位女士原來很喜歡旅行，她曾經向我吐苦水說她的老公不願意和她去旅行，還力邀我和喬林一起和她倆夫婦去玩，最後，我們四人真的一起去了美國旅行，那趟旅程還是令人很難忘的。

喬芝地產業務擴展

地產公司業務逐漸擴張，因應業務發展，陸續開設分行，最高峰時期，喬芝地產有 8 間分行。

我們開設其中一間分公司的緣由，也有一段故事。

我和地產公司的職員一向相處和睦，還常常比拼業績，爭做冠軍。某一天，有個抱著孩子的女人走進地產公司，哀求我聘用她。

她說：「我不會偷懶，做事有能力，只是舊公司不肯用我，我欠下澳門一筆錢，必須工作還債，求求你請我吧！」

我聽見她說欠債，真的有些遲疑，並不想用她，但見她一個女人還帶著小孩，又有點心軟，所以，決定讓她試試。

150

她的而且確非常勤力，在公司做了 3 個月，每個月都有 15 萬營業額，3 個月就有 45 萬，公司也有沒有待薄她，3 個月的佣金足夠她還債。

我想今次請到好員工了，世事難料，之後她竟然串通其他地產公司「飛單」。「飛單」是地產行內術語，即營私舞弊，員工將本來公司的客戶轉介至其他代理公司，賺取比原來佣金更高的收入。後來她的行為被我揭發，我當然把她辭退。

詎料，她恩將仇報，不但對自己「飛單」行為沒有一點歉意，還變本加厲，和她的哥哥合作在我的地產公司附近開了一間新的地產舖。

本來同業互相競爭是常有的事，但她竟然將之前在公司得到的客戶資料全部帶走，撬走了我不少客戶，她的新舖還別有用心的開在我公司的前方，將顧客截走。最令我不高興的事，她趁我未返到公司的時候，大膽跑到公司門前，將在公司門前的客戶直接帶到她的舖頭。

實在忍無可忍，我決定在她公司的斜對面，即元州街買一個舖，開一間分店，正面較量，將客戶奪回。

1996 年元州街喬芝地產公司分店正式開業。

這個舖座落在唐樓的地下，喬林不喜歡，他只喜歡買新舖。我的大女兒聽聞後，本來想和我一起投資，但喬林知道我用財技買舖，就改變主意，同意買下此地舖。我將母親和我聯名的一幢物業做按揭套現，變相不用出一分錢現金，就把舖頭買下。這種買賣的技巧，可能很多人也會，然而，用得好需要有眼光。我看準香港樓價會繼續爬升，買舖既是投資亦可拓展業務，一舉兩得。

我運用財技，將母親和我名下的一幢物業做按揭，變相不用出一分錢現金，就把舖頭買下。就在買舖不足一個月，收到土發公司有意收購的消息，舖位由原來的 300 多萬勁升至過千萬，後來土發又放棄收購，舖價才回落，我們後來賣出舖位時，套現 600 多萬。

兒流浪記
之一生傳奇

154

理想的家

喬林也很喜歡買樓，曾經說要5年換一次樓。在我們買了相連舖一年之後，喬林看中了又一村一間1890呎的單位，那時單位每呎900元，大概市值百多萬元。現在百多萬車位也幾乎買不到，但當年已是豪宅價。

剛買了相連舖，我怕再買我們會負擔不了，我勸他不要買吧。喬林實在太喜歡那單位，他說如果我不願搬就留在舊居，他自己搬。連他最愛的我也要輸給又一村？當然我知他是說晦氣話，我怎會和他分開住。我想想喬林的說話也有道理，我們住的青山道聯邦閣也要500元一呎，又一村900元，賣了聯邦閣三房一廳的單位，再換又一村也是很好的策略。

最後，我當然隨喬林的意思，買下又一村單位。

說實在的，又一村確是很多人的理想家，包括我，也包括喬林。那兒真的很寬敞，一間房等於一個小單位的面積，廚房又大，客廳的落地玻璃，一望無際的景色讓人心曠神怡。每天回到家裏心情都很放鬆，這樣我們在又一村就住了十七年，喬林也沒有再說要五年換一次樓。

別人說我們做地產代理公司，為什麼可以做到住又一村這些高尚住宅？香港市道好的時候，物業仲介收入的確不錯，可是，我們最大賺錢途徑是靠我們投資有道。地產代理的工作，讓我們有機會遇到一些優質盤，我們會自己投資，將單位買下來，然後再裝修包裝一下，變成靚靚的裝修盤再轉售。

我為了設計的住宅能更美觀吸引，還特別到香港大學校外進修部，修讀了一個平面設計課程。繁重的工作，還要一把年紀才上學，那段時間真是頗辛苦，但吸收知識後，令我對住宅裝修又有了新的想法，那些再裝修包裝的住宅又特別受客戶歡迎，我不單只在財富上累積增加了，滿足和自豪感更令我開心。

衣、食、住、行

我的事業涉獵衣、食、住、行四個範疇，衣，就是我少女時代從事的毛衣業和我後來在舖面售賣的時裝，食，當然就是喬林的米舖，除此之外，我還曾經營餐廳。

從事餐飲業也是機緣巧合，我有次去了一間茶餐廳，跟老闆攀談，知道他打算結業，他問我有沒有興趣接手。我和喬林都是愛吃好東西的人，第一時間就想到有自己的餐廳就可以隨時有好東西吃，而且餐廳不做的話，那裏的員工就要失業。

我們地產舖的生意算穩定向好，考慮我有空閒的時間，有人說茶餐廳成行成市，肯定有得做，我躍躍欲試。我盤算

將其中 1700 呎那間米舖舖位，轉型做茶餐廳，又方便管理又慳點租金。這樣，就開展了我飲食業的事業。

前後花了差不多一年時間，餐廳飲食牌的申請終於成功。

茶餐廳名叫 "喬芝食街" 主要售賣日式和中式菜，是一間包羅萬有的餐廳。餐廳有兩個廚師坐鎮，一個主要負責中菜，另一個曾經在日本打工的，負責日式和其他菜色。中廚的太太在其他食肆做水吧，她問我可否讓她在餐廳工作，我著她先教我兒子做水吧，以後她也可以來工作，一切準備就緒，人才濟濟。

開業頭幾天生意都不錯，同業和好友都來棒場，賓客滿堂，非常熱鬧，我和喬林都很高興，以為又打開一片天。

可惜好景不常，幾天後客人就變得零星落索，兩位廚師不咬弦，食客的評價也不好。起初，我們都不太明白，我跑去廚房看看情況，一打開雪櫃，就見到一盤盤醃好的生肉，原來廚師偷懶，不是天天醃肉，而是一次過大量醃，那麼多肉，一天本來就用不完，加上生意不多，生肉積存多天，烹調出來的食物怎會好吃？

我很失望，我以為我將本要結業的餐廳救回，原本可能失業的員工會用心工作，現在這樣的工作態度，如何可能有口碑？

更令我失望的是，負責洗碗的女工，以為我看不見，竟然將顧客付的金錢，偷偷放進自己的口袋，"穿櫃桶"！難怪生意額那樣低，我讓他們在餐廳工作免於失業，真不明白他們為何會這樣，不單不努力工作，還做小偷。

餐廳生意不佳，但燈油火蠟，十多個夥記人工仍然要付，每月虧損 20 多萬元。

發現員工的真面目，也堅持了一年，我覺得這盤生意做不下去，決斷以 30 多萬元頂手費，將餐廳頂讓給其他人。

最後結算損失百多萬元。

經營餐廳不單損失，還讓我很失望，但回心一想，也算是一種經驗，人生有得也有失，就如有一首歌詞寫的一樣："得失只一念，風景不轉心境轉，自在放心。"努力不會白費，失敗當然是失，但回憶是什麼也買不到，這是我和喬林一起走過的回憶。

住，就是我的地產物業代理生意，亦是我多年引以為傲的事業。

我讀書不多，但我從沒放棄也從不自卑。憑著自己的努力，自力更生，自強不息，終於，創出了一番事業。

最後是行，我曾經經營過醫療車接送病人的服務。

原因是因為喬林後來病了，每次覆診，喬林也要坐輪椅，但輪椅出入實在非常不便，必須要靠無障礙醫療車支援。無障礙車就是可以打開車尾的門，然後依靠車尾的斜台，直接把輪椅推上車。

當時，並不如現今方便，可預約醫院的醫療車或復康巴士。喬林每次覆診，我們也要四處張羅找車，租車的價錢也不便宜。幾經考慮後，我和最小的女兒決定購入一架無障礙轎車，一來方便喬林出入，二來又可以將轎車在空餘的時間出租；喬林出入代方便之餘，也變成我和三女的另一項事業。

事業的起跌

由創業至 2010 年，那段時間是我和喬林的流金歲月，有一個五星級的家，兒女開始長大，有一輛 Benz 代步，又請了家傭，幾個樓盤在手，還和母親合資在順寧道購入一個有 2 個平台的特色戶，最重要是有我一生至愛的人在身邊，至愛的丈夫，至愛的兒女，我一度以為我是人生大贏家。

然而花開花謝，人生就是有起有落，禍福無常，當我沉浸在幸福中，享受勤奮的成果時，不幸及哀傷悄然向我走近，我由人生高處滾下來了。

新一輪的人生歷練，縱然當事人毫不願意，還是靜靜的拉開了序幕。

首先是事業，2003 年香港爆發沙士，失業率高企、經濟低迷，百業消弭，金融、地產重創，香港頓成孤島。樓價直插谷低，淘大花園成為疫區，人人避而遠之，淘大花園樓價曾跌至谷底，2 房單位只售 55 萬元。

我和喬林每月的支出龐大，公司生意下滑，實在沒能力再供又一村那層樓，只好和那時很多香港人一樣，變賣資產，忍痛別了家園，賣掉我們又一村夢想之家。

要夢醒了，馬死落地行。我們搬到屯門卓爾居暫住，香港人就是有打不死的拼勁。

卓爾居本來是我們一項失利投資，我們用 400 多萬元購入，市況一變，樓價大跌，估值只有 200 多萬元，立時成為負資產，沒法變賣，反倒成為我們臨時居所。

鐵路西鐵線 2003 年底才通車，也只是到達紅磡站，就算是有車代步，也是需時半小時有多的路程，我們習慣了十多分鐘就到達公司，大半個小時相對就覺得時間很長了，所以，覺得往返上班都很不方便。

由千多二千呎的大單位，忽然遷至一個小單位，那種失落感非常大，唯有咬緊牙關，努力工作。

2004 年，樓市就開始復甦，市況向好，我們的生意又由谷底反彈，與此同時，我們在剛剛開售不久，西九龍四小龍之一的屋苑又覓得理想居所，是一間有露台連天台的特色戶。

喬林可喜歡了，一有時間就跑上天台種種花，看看風景，晚上又在露台吹吹風，納納涼，好不舒服。

避風避浪的卓爾居呢？我們偶爾就會回去度假，休息。

悉心照顧喬林的十年

喬林心臟病發

到這裏，我以為我可以歇歇氣，但結束了生活上的流浪，卻遇上精神上的流浪，令我痛不欲生的流浪。

喬林和我都很喜歡旅行，一有時間，我倆就會結伴周遊列國，我希望和喬林走遍全世界。

2008 年，喬林和我到柬埔寨吳哥窟旅遊，吳哥窟是柬埔寨國寶，是世界上最大的廟宇類建築，有護城河環繞，非常宏偉。作為一個信徒，能參觀如此莊觀的廟宇很是高興。

旅程中，喬林和我重溫年輕時拍拖溫馨的時光，手牽手在小吳哥城內漫步，看日落，同行的朋友還笑我們曬恩愛。

喬林緊握我的手，搶著說：「我們一向都是那樣恩愛。」
說完還情深望著我。

「一把年紀都不怕醜。」我笑著回應，心裏真的很感動。
一次難忘的愉快的旅程。

不知是否柬埔寨之旅，舟車勞頓，有點過累吧！他在飲茶途中，突然覺得心口翳悶，心口頂住，有少許頭暈，心口痛得無力拿穩茶杯，差點把杯子打翻。喬林是酒樓熟客，待應來沖茶時，發覺他面色有變，在冷氣開放的環境下，竟然冒汗。於是就對喬林說：「林生，你沒有什麼事吧？怎麼臉色如此蒼白呢？」

喬林一手撫著心口，一手從褲袋內拿出手帕抹汗，有氣沒氣的回應侍應：「就是覺得心口有點翳悶，我喝口茶，休息下就沒事了。我還要回公司看我家的四個美人。」

「你的臉色真的很差，不如還是去看一下醫生吧！」侍應關心的說。

「喝完茶，如果還是不舒服，我就去看醫生。」

但是，離開酒樓後，喬林並沒有到醫院去看醫生，而是硬撐著走回公司。

喬林用手支撐著門和桌子，好不容易，慢慢一步步的走進公司，回到座位坐下，不停地喘氣。

職員見喬林情況不對勁，就對喬林說：「林生，你沒有什麼事吧？怎麼臉色這樣差？」

「可能天氣熱，我走回來有點辛苦，休息一會就沒事了！」喬林仍然用手撫著心口，露出非常痛苦的表情。

職員見狀就說：「不如我們打 999 叫救護車來。」

「不用了！不用了！我休息一會就好了！」喬林堅持說。

職員只好立即打電話給我，我剛好送走睇樓的客戶，在走回公司的途中，正想拿起電話打給喬林，電話就響起了。職員來電告知喬林情況不妥，我馬上跑回公司。才幾分鐘吧，但我心急如焚，不停責備自己怎麼行得這樣慢。

我抬頭看天，一片大灰雲正慢慢飄近，我不斷喃喃自語，祈求喬林平安大吉。

終於到公司了，我一開門就見到職員圍著喬林，他們見我回來，馬上讓開，我看見喬林呆坐在椅上，臉無血色，一片灰白。我嚇了一跳，回頭對職員說：「快打 999！」

喬林急躁地搖手說：「不用了！不用了！」

我當時不知是嬲還是慌張，我大聲叫喊：「不可以，你這樣辛苦，一定要去醫院！」

「那！你和我乘的士去醫院吧！」

剛巧大兒子回到公司，我就說：「不如我和兒子和你一起乘的士去醫院吧！」

「不用了！不用了！」喬林重覆說：「他還有很多事要處理，你和我去醫院就可以了！」

或者，做父母的都是煩惱自招，很擔心兒女卻不想讓兒女擔心自己。喬林也一樣，一直很痛錫兒女，他只希望他們幸福成長，他只希望他為兒女的事煩惱，他不希望自己會麻煩到兒女。所以，儘管喬林知道自己有多病，也不願兒子因為自己而頻撲。可是，我真是沒有能力可以獨個兒送他到醫院。我堅持要兒子和我們一起去，兒子也馬上和我一起攙扶著喬林，乘的士去最近公司的醫院。

到達醫院急症室，護士正登記喬林的情況，他就不支暈倒了！

不知是絞痛嚴重，還是暈倒時失去重心，他把舌頭咬至出血。霎時間，一條長長的血絲，從嘴角流出來，好嚇人！我六神無主，慌張地大叫，幸好兒子一直扶著他，才不至倒在地上。兒子和護士合力將喬林抬上床，喬林已陷入昏迷。

當時在急症室當值的趙醫生，聽見我大叫，馬上和跟隨著他看症的實習醫生跑過來。他看了喬林一眼，張一張喬林的眼皮。

「先生，你能聽到嗎？」醫生不斷叫喚著。

他拿聽筒在喬林心臟附近聽診了一下。

「病人沒有意識。」

趙醫生即時吩咐實習醫生，為喬林做心肺復甦。兒子緊緊的摟著我的肩膀安慰著我，我已哭成淚人，只透過充滿淚水的雙眼，矇矓的看著他們為喬林急救。我聽見趙醫生指揮著那實習醫生；

「繼續按。」趙醫生吆喝著。

實習醫生一邊按壓喬林的心臟，一邊有節奏的數著：「1234，1234....」

終於，我聽見喬林微弱的呼氣聲，趙醫生馬上為喬林聽診，微微的笑了一下。我知道喬林脫險了。我忙不迭緊握著趙醫生的手，連聲多謝！趙醫生輕拍了我一下，說：「別太擔心，我會叫護士安排你先生上病房，繼續觀察。」

他向護士交待了一下，就繼續他救人的工作。

我一直都很感激趙醫生救了喬林，其實要感激的人還有很多呢，後來喬林病重了，我嘗盡人間冷暖，當時拯救喬林的醫生、仗義助我解困的朋友，我仍銘記於心。

一場劫難在急症室一片喧嘩聲中渡過了。

我一直守候在喬林床邊，不停唸著經，終於，他微微張開眼睛，一直望著我，看見我紅腫的雙眼，他又好像有點心痛似的，他嘴角微微動了幾下，想說什麼吧！我笑了，雖然聽不清楚他說什麼，但我肯定他是說：「佩芝，不用擔心，有我在呢！」

我跑去拿水給喬林喝，路過窗前，又是一片蔚藍的天空，歡樂的白雲在空中飛翔，耀眼的金光灑遍窗框。

夫妻之道

這麼多年以來，我和喬林一直都是夫妻恩愛，相敬如賓，羨煞不少旁人。我認為夫妻之間，爭拗難免，我就選擇忍讓，不與他爭吵。就算真的吵架，喬林就會先認輸，爭拗就會停止。

但我和他就有這樣一次差點要鬧離婚。

話說，那大概是在 1982、1983 年間的事，當時，我們仍然經營米舖。這些年來，喬林為了我們一家，更努力工作，每每晚上十二時才回家吃飯。我希望喬林回家有新鮮滾熱的飯菜吃，所以，我都是等喬林回家才為他準備晚餐。

這晚，正是盂蘭節，天上下著毛毛細雨，寶安道球場舉辦了盂蘭勝會，我想著喬林很晚才回家，就帶兒女去趁熱鬧，盂

蘭勝會其中有一個福物競投的活動，我就投了一尊大聖佛祖，我很記得，價錢是 388 元。因為要先供奉才能請回家，我在等通知細節，遲了回家。

喬林在家等得不耐煩，跑到球場找我們，責備我不看時間，遲遲不回家煮飯，弄得他空著肚子。我說還要等一會，要知道請佛祖的細節。也不知道為什麼他那晚特別浮躁，不停催促我離開。

他好像變了另一個人，惡狠狠地責備我，說我亂花錢，說我騙他的錢。

他不耐煩的說：「今天 388 元，明天不知又用多少錢，舖頭的錢都是你收，你是否不用問我就在錢箱中取錢？」

當時神棚都是神佛，我雖然覺得很委屈，仍很有耐性的對他說：「不要在神靈前亂說話，我用的每一分一毫都是用在家庭上，我沒有拿你一分錢私用，不要冤枉我。」

回到家裏，喬林仍然怒火未消，我真是丈八金剛，摸不著頭腦，心想一直寵愛我的喬林怎麼了？我從來沒見過這樣的喬林，好可怕，是不是撞邪了！

他說我騙他的錢，真是百辭莫辯。

由結婚開始，家裏的財政都是由他掌管。新婚時，他在米舖負責收帳，自然錢都在他手裏。後來，習慣了，我也不喜歡管財，舖頭的事已夠我煩了，錢銀就由他管理。反正，所有大小事情，他都聽我的，我決定買什麼，就由他付錢，我也省得費神，我收到的、賺到的，全都交給他處理。所以，多年來我也沒有大錢在身。

母親也曾說我笨，說女人總要有個錢旁身呢！我想，我就是笨！我對喬林有絕對的信心。或者，也是因為對自己有信心？如果，萬一，喬林不要我，我絕對可以自力更生，絕對不會寂寞，反正，身旁的浪蝶從沒絕跡，只是我心中只有喬林，他是我的唯一。

他說我騙他的錢，令我傷透心了！

「我才是被你騙了，你這個大騙子！就算請工人也要錢，我又看舖，又照顧家庭，卻沒有一分錢。」我心中想著正要反駁他。

估不到，他沒有住嘴，反而變本加厲說：「我們離婚吧！」

就像晴天霹靂，我真的聽見天上打了一下雷。但那刻，我出奇的平靜，我不想和他謾罵，只淡淡然對他說：「那就離婚吧！」

我走進房間，正收拾細軟回娘家，喬林走進來阻止我，我以為他後悔了，怎料，他繼續粗聲粗氣的說：「律師樓九點開門，你就留在這裏，我們明天一早就去律師樓簽紙吧！」這下，我忽然氣上頭來，我放下整理中的衣服，狠狠的瞪了他一眼，冷冷的說：「就這樣決定吧！」

我心裏很不舒服，我不想再和他說話，逃難似的走出房，腦海閃過他曾對我說過的，信誓旦旦的甜言，只好輕輕的歎了口氣。

這樣，一夜無語。我抬頭凝視著滿天的星光，深陷沉思，茫茫不知所措。

次日，我看到喬林細心地修剪著他心愛的盆栽，我刻意打扮得特別漂亮，我沒想過要喬林回心轉意，只是希望打扮得漂漂亮亮，讓他後悔。

我對喬林說：「走吧！去律師樓吧！」

忽然，一陣清風吹過，好像把他吹醒了，喬林緩緩地抬頭看著我，像蜜蜂見到蜜糖一樣，快速地放下手上的修剪工具，陪笑的對我說：「不去了！我說笑罷了！我的佩芝這樣漂亮，傻子才會離婚。」

「不去了嗎？」我晦氣的說，心中還有怒火。

喬林輕輕摟著我，再在我的臉頰輕吻了一下，吃吃笑笑的說：「每天都要攬攬錫錫。」我被他弄得哭笑不得。

「走吧！Honey，我們不去律師樓去喝早茶。我請！」喬林哄著我。

「當然是你付賬。」我搶白的說，他又像小孩子般向我撒嬌。

「Honey！Honey！」他捂著嘴，搖著我的手。

我看著他撒嬌的樣子，真是啼笑皆非。沒法，誰叫他是我的最愛，我有時也分不清楚是他愛我愛得不能自拔，還是我跌進了他的情網，不能脫逃。

我和喬林的爭拗，就這樣落幕。現在回想起來，喬林那天為何忽然無理取鬧，我至今也不明所以。亦由於這次的拗撬，激起我的鬥志，我心想我要找尋自己的事業，要發憤圖強。

「女人也是要有自己的事業。」我也常對女兒說。

因此，我產生了建立自己地產事業的決心。

後來，我們把卓爾居賣掉了，我忽然心血來潮，直覺覺得將來可能得花一筆大錢，於是，就跟喬林說想和他開聯名戶口，他想也不想，也沒有細問我原因，就一口答應。

「好呀！」他笑著對我說。

後來，發現我的直覺是正確的，也全靠有聯名戶口，我才得以緊急動用資金。

喬林中風

2010 年，我一生難忘的一年。這年的年初，紅磡馬頭圍道發生了樓塌事件，整幢唐樓全幢坍塌，奪走了 4 條生命，讓我感到人生禍福無常。後來，菲律賓發生人質事件，香港一個旅行團被挾持，最後，旅行團領隊不幸殉職，震撼了整個香港，也震撼了我的心靈。

我還記得那天我一直看電視台的直播，不停唸經，祈求人質安全，近傍晚時份，突然，"碰！"一下槍聲，一片混亂，我不停說怎麼了？怎麼了？後來知道領隊殉職了！我和很多香港人一樣，心碎了。

然而，真正讓我心力交瘁的是，喬林中風了。

2010 年，我們仍住在喬林很喜歡的，一個有小露台連天台的特色戶，應該說是他第二最喜歡的地方，我知道他最喜歡的是又一村。

喬林說家裏的小露台是他沉思避靜的地方，有時遇到煩惱事，就在露台坐坐，閉目養神，眺望遠處的風景，心情也會豁然開朗。他有煩惱事也不告訴我，我是有點生氣。

我對喬林說：「你有煩惱事，也可以告訴我，讓我為你分擔。」

喬林緊握我雙手，雙眼充滿痛惜之情，溫柔的對我說：「我知道，但我只想你開心，煩惱事我來擔當好了！我家中的四個美人，繼續當美人就好。」

我有時候覺得喬林說的話很肉麻，但我的心卻甜著呢！

＊　　　　　　　　　＊　　　　　　　　　＊

我一向做事都未雨綢繆，我不喜歡臨渴掘井，對可能發生的事也作兩手準備，卻沒想到一石激起千層浪。

在一個月黑風高的晚上，星不明，月不亮，天際綫點點曚曨的，空氣中瀰漫著悶人的氣息。我和喬林吃過晚餐，在露台閒坐納涼，閒話家常。

「今天，天氣怎麼這樣悶熱。」我搖著扇搧涼，又不時為喬林趕一下蚊子。

自從喬林心臟病發後，我特別注意他的健康，嚴禁他吃肥膩的食物，甚麼臘肉、肥叉、扣肉，全部消失。喬林常常哄我，說什麼吃點肥肉有益，我就叫他廢話少說，我可不想被他嚇得連我也心臟病發。

那夜，天上沒有一點星光，不知道為什麼總覺得心緒不寧，我和喬林說，不如回房間去。經過客廳時看見我們最小的女兒在看電視。回到房間，我們坐在床邊又繼續聊天，我和喬林好像有說不完的話題。聊著聊著，說到賣樓的問題。

早幾天前，我已經跟喬林談過，公司生意最近轉差了，如果繼續這樣下去，可能就要把現在的住處賣掉了！當時，喬林並沒有太大反應，點頭答應說可以先帶客人來看看。沒想到，第一個約了在晚上看樓的客人，看見這裡的夜景已經很滿意，並說明天下午再上來看看日景，就可以付定金。

我告訴喬林第一個客人已經有買樓的意向了。當時，我心裡只是想告訴他，我們的家很搶手，並不是說一定就要把樓賣掉。但言者無心，聽者有意，喬林聽見後，情緒開始有點激動，看到他的反應，我就知道他其實並不想賣樓了。

過了不久，喬林靜了下來，我以為他不高興，回頭正想哄哄他，就見他想嘔吐的樣子，我輕輕拍打他的背脊，過了五分鐘左右，他仍然沒法嘔出來，臉色蒼白，我心知不妙，扶他到房間裏的套廁，讓他站在坐廁邊，靠著洗手盆，以為讓他站著會較易吐出來。但是只一會，喬林已站不住了！

我趕緊撥下坐廁板，扶著他的手臂，讓他坐下來。可是，喬林連坐也沒法坐隱了，要不是我一直扶著他，他就要倒下去了。我大驚，急得像熱鍋上的螞蟻，往外連連大喊：「阿菻，阿菻，救命呀！打 999 呀！你爸爸要暈了。」

阿菻就是我最小的女兒，幸好她在家，她聽見我的呼喊，就衝進來看過究竟，見狀大吃一驚，馬上撥打 999。

「喬林，你不要暈呀！支持住呀！」我放聲大叫。

「爸爸！支持住呀！我已經叫了十字車！」阿菻打完電話，一邊跑回來，一邊喊著。喬林只有微弱的反應，我真的很驚慌，會不會又是心臟病發呢？

「喬林，你覺得點呀？不要嚇我呀！」我在一邊扶著，然後蹲下身子看看他的情況，阿菻也連忙在另一邊扶著喬林。

救護車來到家也不過十分鐘吧！但這十分鐘真的很漫長呀！四周是這麼的寂靜，我聽見水流過水管的聲音，聽見阿菇不停喊爸爸的聲音，聽見自己急促的呼吸聲，怎麼就完全聽不見喬林的聲音呢？

「喬林你不要嚇我呀！」我聽見自己在叫喊。

好不容易聽見門鈴聲，阿菇將喬林的身體靠向我的那邊，然後去開門。我一直不很喜歡這門鈴聲，太吵了！但這時我太喜歡這門鈴聲了，它一響，我心裏頓時緩了，援兵到了。救護員拉著擔架床進來了，馬上把喬林放到床上，並為他檢查，

簡單地問了情況，然後兩個救護交換了一個眼神，又說了一些我聽不懂的說話，接著就對我們說：「我們現在馬上送病人到醫院，請一位家屬跟車。」

阿菇對我說：「媽媽你跟車吧，這是爸爸的錢包，證件應該都在，我馬上跟過來，你要叫爸爸支持住呀！」

我接過阿菇手上喬林的錢包，阿菇做事一向眼明手快，我拿著自己錢包急步跟救護員，護著喬林出門。

「爸爸！你要支持住呀！現在送你到醫院了。」阿薀對著正推出門口的擔架車喊道。

凌晨一點半，救護車開著警笛聲，救護員為喬林戴上氧氣罩，我在車上一直握著喬林的手，一雙我握了四十多年的手，有點涼，冰冷的感覺傳到我那手上，心裏也頓然有點涼意，淚水忍不住從眼中滲出。

「喬林！喬林！」我不住地說，「快到醫院了，沒事的。」

心裏卻忍不住擔心他的情況。我一直很小心照顧他的身體，為什麼會這樣？我看著喬林，我知道他肯定會聽得到我的說話，每次我叫他的名字，我見他的眼角也會動一下，嘴角也跟著動一下。

救護車嘎然停下來，車上的救護員說：「到醫院了。」

救護車門一開，就有醫護人員在等候，準備接收病人進醫院。醫護員快速地把喬林推入診症室，我就為喬林辦登記手續。喬林在急症室被推來推去，什麼身體檢查、心電圖、X 光、電腦掃描全部都做過了。

兒女們都趕到醫院了，急症室醫生嘴裏吐出「無得救」三個字。

我像被五雷轟頂，當即暈了一下，是我聽錯嗎？喬林明明有反應，為什麼救不了？醫生將電腦上顯示的 CT 展示給我們看。

「你們看，整個腦的血管都爆了，無得救。」醫生指著喬林大腦的 CT 說。

「醫生求你救救他，不會無得救，我見呼吸機的螢幕還有反應。」我瘋了一樣嚷著，雙手顫抖，淚水湧出，一下抓住醫生，差點想跪在地上懇求著。

醫生回了一句令我痛入心脾的說話，「你用刀劈死一條魚，魚兒也還是會動，對嗎？」

那，我真的想賞他一個耳光，怎可拿一條魚和喬林相比！太過份了！但我忍住了，救喬林要緊，救得到喬林，他罵我也可以！

「情況太嚴重了。」醫生說完，就逕自走了。

聽到急症室醫生的診斷，我整個人好像給淘空了，我驀然坐下，暈頭轉向，有點坐不穩的感覺，兒女們左右簇護著我，靠著兒女們的肩膀，心裏稍稍定了一下，馬上又想到醫生的說話，

「嚴重腦出血，整個腦都爆血，無得救！」

我又再淚如雨下，我帶來的紙巾也統統給我用光了。
「我們這裏沒有腦專科，醫生已經把你先生的 CT 傳去另一間有腦外科的醫院，看看能否接手處理。如果你們不相信，可以等早班值班醫生來，再問一下。」

可能護士見我哭我淒涼，離開前對我這樣說。聽到有另一個方法，心情稍微安靜下來。

我們通宵守護著喬林，時間也不知怎樣一瞬間流走了，病房裏的燈全開了。本來黑漆漆，靜靜的病房開始嘈吵起來，早班醫生來巡房了。我懷著一絲希冀，希望另一間醫院會傳來好消息，又或是早班醫生說之前的醫生斷錯症，喬林是有得救的。

早班醫生翻看著喬林的病歷檔案，我的眼睛一直緊緊盯著他，心怕他在我眨眼時消失似的。護士在他耳邊說了幾句，他跑到護士站打電話，又看著電腦。

我見他忽然轉臉傾電話，我側耳想聽他講什麼，只見他回頭皺著眉，說了一句：「那好吧！」就掛線了。

他繼續眯著眼看電腦，看了又看，然後搖搖頭。呀！看到他這樣，我已感到不妥，不要，醫生你不要搖頭。

醫生叫我們到護士站那邊，然後對我說：「你先生情況太嚴重，我們把他的 CT 傳了去另一間醫院，剛才和他們溝通了一下，那邊的醫生說，情況太嚴重了，很難施救，拒絕接收！抱歉，你先生無得救了。」

又是一句無得救，我的心撕裂了，我看著喬林，心很痛，我問醫生，我可否找其他醫生來問診？醫生二話不說就答應了。

誓救喬林

喬林雖然戴著氧氣罩，呼吸仍然很辛苦，我不要這樣，天無絕人之路，我下定決心，握著喬林冰冷的雙手堅定說：「喬林，不用怕，他們不救你，我找全香港最好的醫生救你，如果都不行，我找遍全世界都找醫生救你。」

二女兒安撫我說：「媽媽，我打電話找朋友問下有沒有醫生介紹。」

她站在一旁拼命按電話，最後聯絡上一位普通科和一位呼吸科的醫生，他們答應在診所完成工作後，下午六時半前趕來看喬林的病情。

我猛然醒起某天我和喬林喝茶時遇到的一位街坊，我經過他喝茶那張檯時，看見他在抄心經。

我上前和他打招呼，好奇的問他：「很少見男士這麼有耐性地抄心經的呢！」

他笑笑口的說：「我講你知，你一定要同其他人講喎。」心中一怔，難道是什麼宣傳招數？算了！老街坊不怕他騙我。

我說：「你先講給我聽。」

我在他身旁坐下，他娓娓道來：「早前我有腦瘤，我以為會死，佛祖保佑，讓我遇到腦外科馮正輝醫生，他真是腦科聖手，幫我做了手術將腦瘤切掉，救了我一命。我很感謝他，所以，想幫他宣傳他精湛的醫術。抄心經就是為了自己大難不死，積福。」

「原來是這樣，難怪早前不見你飲茶，你要保重身體呀！」我答道。

這件事我沒有太放在心上，我沒有想過自己需要找腦科醫生。

我緊握著喬林的手，啜泣著告訴他 "喬林不要怕，挺住，我立刻去找人救你。"

早上九點，我從醫院直奔到這個老街坊的門前，太心急了，有幾次差點絆倒。我焦急地大力拍著門，老街坊匆匆來開門。

「林太，怎麼了！」老街坊看著發抖的我，驚訝的說。

「救命呀！」我一時也不知要說什麼，衝口而出。

「進來再說。」老街坊開門請我進屋。

我連哭帶叫的告訴他喬林的情況，請他幫我聯絡馮醫生，他立馬找出醫生的名片，致電馮醫生。經過一輪聯絡和溝通，馮醫生答應為喬林動手術，約了晚上八時，他說可以馬上預約醫院的手術室。唯一問題是時間倉卒，他那邊無法安排救護車接載喬林，我們要自己想辦法送他到醫院。

大家在躊躇那裏找車，二女想到也要找呼吸科醫生跟車，不如就問答應來為喬林應診的那呼吸科醫生，就連忙致電給他，醫生也很幫忙，找到一輛接送的救護車，又答應幫忙護送喬林到醫院。但租車費用不便宜，要萬多元。

我連忙道：「找到就好，不管多少錢了，只要能安排就好。」

我凝視著呼吸窘迫的喬林，默默回想著他的笑臉，「喬林，再堅持一會吧！你很厲害，堅持了這麼久，呼吸科醫生就到了，他會送你到法國醫院，我已經找到很厲害的腦科專家馮醫生替你做手術。你要加油！」我在他耳邊低聲地說。

好不容易到 6 點半，我見喬林呼吸越來越困難，我心急如焚，為什麼有呼吸機他仍然這樣辛苦，我的心好痛。

耳畔傳來二女兒的聲音，她領著呼吸科醫生走近。醫生瞄了呼吸機一眼，急步走向呼吸機；

他麼著眉頭，對著護士咆哮：「為什麼給病人一台有問題的呼吸機，你來看，是壞的，攪什麼？病人出了事你們如何負責！」

護士急忙更換另一台呼吸機。我氣得瘋了，如果喬林有什麼事，我一定和他們拼命。但現在最要緊的是送喬林去做手術，我第一時間問了呼吸科醫生喬林有沒有出問題，醫生表示仍控制得住，要馬上送喬林做手術。好堅強的喬林，真是太好了！

之後一輪準備工作，我們終於出發了！要移送一個重症病人是一件絕不簡單的事，稍有差池，就會危及病人性命。幸好，喬林有一位有經驗又專業的呼吸科醫生陪同，在路上悉心照顧，才能安全又順利的到達醫院。

帶著希望，8時準時把喬林送到法國醫院，馮醫生已安排好一切，很快把喬林送進手術室。

漫長的4小時，我坐立不安，有種要窒息的感覺，口在唸，心在想，喬林，馮醫生醫術高明，一定救到你，沒事的。

手術室門外的燈終於熄了，"砰"一聲，手術室的門打開了，我的心隨著怦然跳了一下，馮醫生出來了。我和兒女們緊張的圍上去，我看著馮醫生的表情和眼神，想從他的臉上第一時間找出答案。

馮醫生帶著手術專用的帽子，並沒有除下口罩，我也看不透他的表情，我們就像一群等放榜的學生，心裏忐忑不安。

馮醫生穩穩的說：「手術完成了！林先生腦內的瘀血基本上已經完全清除。」

我聽到之後，心頭鬆了一下，腳一軟，差點跌倒，幸好兒女們馬上扶著我。

馮醫生接著說：「雖然瘀血已經清除，但他仍然未甦醒過來。」

我連忙追問馮醫生：「他到底什麼時候才會醒來呢？」

馮醫生認真地說：「這個很難說，每個人甦醒的時間也不同，瘀血清了，暫時也不見有出血的情況，現在還是先送林先生上病房休息。」

扁鵲回春、仁心仁術、再世華佗、妙手仁心、醫術精湛......全是我對馮醫生的讚美，對他崇高的敬意。我是發自內心由衷地感謝，他把喬林從鬼門關救了回來，恩同再造。

他的大恩大德，一生銘記在心中。難怪老街坊那麼積極地為他宣傳。

手術後，我寸步不離，衣不解帶，通宵達旦，眼睛未曾正式合上過，一直守在喬林身旁，兒女們就交替陪我在醫院看守候喬林。

直到第七天，喬林還沒有醒來。

醫生巡房時對我說：「我不知道林生什麼時候會醒過來，我唯一肯定的，這是一場長久戰，要有心理準備漫長的戰鬥。所以，你必須保持身體健康，我看你還是回家休息一下，保留體力。如果林生醒來，你的兒女會通知你呢。」

兒女們都勸我回家休息，我不情不願的離開了醫院。我踏出醫院，天氣真好，天空一片晴，我心中的晴天何時才出現呢？

喬林一直沒有醒過來，我每天四處求神拜佛，祈福許願，希望神靈保佑喬林早日甦醒。我在他耳邊說話，唱歌，又播一些他喜歡的歌給他聽。

直到第十二天，我已經沒有辦法了，我發瘋似的在他身旁大叫，叫他張開眼睛，叫他醒過來；可是，喬林還是沒有動一下，沒有醒過來，明明看到他的眼球在動，就是沒有醒過來。

我開始懷疑家中的風水有問題，我請朋友介紹了一個風水師傅，到我家看一下風水。師傅在家中四處看了又看，然後停在天台一棵枯萎了的松樹旁。

他說：「原來有一棵枯樹，怪不得出事了！」

松樹是我們遷入時買的，一共買了四棵。喬林一直悉心照顧，松樹也長得越來越高大。但是，大約半年前，其中一棵突然枯萎了。我一直想更換一顆新的，我好幾次在花園街的花舖，逛了又逛，就是沒有找到合適的，花園街沒有賣大棵的松樹。

風水師傅說一定要把它換掉，如果找不到大棵的，小的也可以。我逕自跑到花園街，四處尋覓，最後給我找到一個較小的松樹。馬上購下來，請送松樹的人，幫我把枯了的樹扔掉。

之後的一天，就是喬林做手術後的第14天，喬林醒來了！果真是風水問題嗎？誰也說不清楚了！管他，只要喬林醒過來就好了！

我第一時間問喬林是否認得我，他吃力的笑了一下，微微點了一下頭，口中咕嚕咕嚕的，像在說你是我的佩芝。我激動大叫，是呀！我是佩芝。然後，雖然他動不了，他也很努力地表達，他能認出所有兒女。

不愧是我的喬林，他撐過來了。

喬林出院了

喬林嚴重中風，影響了他的自理能力，醫生說中風後需要特別的照顧，手術後配合適當護理，有專業護理人員照顧，不但可以減輕我們的壓力，病人的康復更樂觀。

我們按照醫生的建議，聘請了兩名特護，日夜輪班在醫院照顧喬林。

這樣喬林在醫院住了一個多月，經過醫生的評估，喬林可以回家了。

為了讓喬林回家後可以進行康復治療，我在家中購置了很多醫療儀器，除了呼吸機，還買了電動床、床欄、床墊、心臟除顫器、血壓計，輪椅、助行架等等，浴室又添置了很多護理的設備。

花費了一大筆金錢。

除了繼續聘用 2 個特護和傭人外，我再另聘一名家傭。希望 2 個家傭向特護學習照顧及護理喬林的方法，之後，或許可以由他們接手特護的工作，減輕每月的支出。

這段期間，家中同時聘用了 2 個特護，2 名家傭。

喬林中風後，我們一家都好像突然間被風暴捲了進去那樣，總是覺得天昏地暗，茫茫然失卻了方向。

我只想好好照顧喬林，我已無心戀戰，我的心只有喬林，基本上放棄了辛辛苦苦建立起來的地產業務。雖然，兒女仍努力維持公司的業務，但公司的生意每況愈下...

「喬芝地產」由全盛時期的 8 間，精簡為一間。

喬林出院回家後，我心想雨過天青了，噩夢已過去，只要喬林身體好轉，慢慢康復一切都會回復正常了。我一直在計量，只要我繼續找最好的醫生，繼續為喬林醫治，他一定會很快復原的。

我晚上仍然喜歡仰望夜空，月亮上那層陰影似乎消散了，又見玉兔及桂樹旁邊的吳剛了。

這些年間，我已養成一個習慣，晚上睡覺前會坐在喬林的床沿，儘量跟喬林聊一下天。

有一次，我問他是否記得我在長沙灣是住哪個單位？他豎起手指，表示 521 這 3 個數字，告訴我，我是住在 521 室，我心中很激動，這樣微小的事，他都記得。

我又問他有否記起我們到先施買床鋪的事，問他有否記得結果那一堆床鋪，我們要了多久才用完，他微微笑了，他記得。

還有一次，他豎起 4 根指頭，指指我又指指女兒們，我笑了，我知道他在說我家中的四個美人，喬林最喜歡這樣說。

我和喬林的愛情並沒有驚天動地的情節，就是那種一點一滴的蜜糖，每天累積，聚沙成塔，慢慢成為一個牢可破，甜甜蜜蜜，難以分離的關係。

愛情從來不是用來比較，更毋須炫耀。我就是沉醉這種平淡的幸福，只要有喬林就足夠了。

每晚我會握著他的手，跟他說話，直至他睏了，睡著了，我才能安心上床睡覺。天亮的時候，我先拉拉他的手，輕輕搖擺幾下，再側頭看著他微張矇鬆睡眼，我就開心了。

掛著微笑起床，開始一天的活動。

我與 2 個家傭充份合作，一邊努力學習和分擔特護的醫護及康復工作，學習如何為喬林護理和照顧他的生活起居，一邊維持家庭的其他需要。

為了加快喬林康復的速度，我經常為他進補，一聽到對他病情有幫助的食療，無論多昂貴，我也會買回來給他吃。我聽說針灸有助康復，我又找了一位針灸醫師幫他針灸，但每次送喬林去針灸，也是一個難題，於是，我們斥資購入了一架"無障礙復康"七人車，方便他出入。

那時，阿蒔放棄了自己的工作，專責接送喬林去針灸。她還聯絡其他老人復康協會，兼營接送其他行動不便人士，方便他人之餘又有點收入。

一個年青人，這樣堅持了一年多的時間，真是辛苦了她。在我、家人、特護及傭人的悉心療理和服侍下，喬林的康復情況理想，四肢逐步恢復活動能力，甚至還能用步行支架慢慢前行。

喬林雖然康復得不錯，我仍一點不敢懈怠，每每到半夜接近清晨時分，才能合眼入睡。第二天起床，又要馬上打點一切安排家中各項事情。

喬林很依賴我，不肯讓我離開他的視綫範圍，我深深瞭解他對我的感情，也盡量留在他的旁邊，跟他傾偈，他總是慢慢的伸出手來拉我的手，靜靜的聽我說話，嘴角在輕輕顫動，他在聽，在回應我。

天氣好的時候，我會和喬林上街逛逛，傭人推著輪椅，我走在他的旁邊，他一定拉著我的手，就像以前拍拖行街一樣，我們會在公園散步，逛逛商場，熟悉的感覺，悠然心生。

我每天都很努力，很小心地照顧喬林，但意外仍然發生了。

我記得是 2019 年，香港爆發了新冠疫情，醫院的情況很嚴峻，醫療系統非常緊張。那天，我如常為喬林清理口腔，那時喬林身體變差了，已經沒法走路，只能臥床。我小心翼翼的清理，但有一個棉花球仍不小心掉進喬林的喉嚨，卡在那裏，喬林大聲嗆著，我慌張起來，大聲喊阿菰打 999。

我只聽到阿菰在叫：「無人聽，仍是無人聽。」

我急忙打給醫生求救，醫生著我用力拍打喬林的背部，我照做了，我一邊叫喬林撐著，一邊拼命用力拍打喬林，終於，喬林咳了一聲，把棉花球吞了，喬林終於渡過了危機，我也鬆了口氣。

當時照顧、醫治和護理喬林的龐大開支，2 名特護，2 名家傭的工資，加上家庭經常性的支出。公司的收入，基本不敷應用。

我只有變賣資產，將手上的物業逐一放售。可是，我一點都不覺得可惜。只要能見到喬林我就很開心，只要每天張開眼就看見喬林，一切都是值得的。

為了維持家計，遇有熟客要求我帶他們看樓，雖然捨不得，我仍會趁喬林休息的時候，離家工作，卻竟然遇上癡漢妄徒。

有一個在很久之前已經對我有意的男士，要求我帶他去看新別墅樓盤，是一幢在高尚住宅區的別墅。他對我這樣說：「陳小姐，你看這別墅如何？如果你想住，我可以買給你，我知道你先生得了重病，不良於行，不如你和我一起吧！我想和你一起，我很快就和你先生一樣得了心臟病發，如果你想，我可以把別墅送給你，作為保證我對你的真心。」

「不要這樣說，大吉利是！」我說。

那天，我很快就借故溜走了！

天呀！我真的那麼有異性緣嗎？

荒謬的事一而再的出現，又有一位說他擁有十幾層豪宅的男士找上門，說要帶我去買一層樓，要送一層樓給我......。

我不明白，我已不是後生女，為什麼仍有人要追求我，為我神魂顛倒。

喬林中風，我已傷心欲絕，我每天只想對著我這一生人至愛的丈夫，錢財怎可買得了我的心，怎可以改變我跟喬林的感情。如果我只貪財，見錢眼開，當年有比喬林更好條件的男士跟他競爭，我也不會選擇喬林。

喬林對我的篤愛、信任、細心，已給刻在我的心底深處。我的心從來也載不下其他的男士。我心中只有寵我如天上玉兔的喬林，對子女疼愛有加的喬林。

仗義解困的朋友

喬林臥病多年，我靠變賣物業套現，但賣樓也不是一時三刻的事，如果物業未能如期賣出，生活頓生困境。

有一次，物業一直未售出，我回公司想辦法，走著走著遇見一位老客戶夏太，也是老街坊。她老遠看見我，雀躍地和我打招呼。我深陷沉思，正盤算如何應付開支，完全不察她的出現。夏太見我愁容滿面，又毫無反應，擔心是否喬林有事。

夏太也知道喬林的病，每次踫面她也很關心喬林和我的身體，叫我要保重，不要累垮了自己。

她是個大好人，對人友善，心地善良。我只顧思考，紅燈了也照橫過馬路。這也不是我頭一次橫衝直撞，之前已好

208

幾次差點出意外，還被司機破口大罵。亂過馬路不應該，被罵也是自招的。

我正一腳步出馬路，幸好夏太一手捉著我。一輛貨車就在我倆面前飛快地駛過，我猛然一怔，還不懂驚慌，只呆呆的望著夏太。這下可嚇著她了，她擔心我真的出事了。

「林太，你沒事吧？」

「噢！夏太，是你，有什麼事嗎？」我看見她抓著我的手，好奇的問，完全不知剛才險生意外。

「林太，不要嚇我，你怎麼了？」夏太看我心不在焉，對剛才的事毫不知情的反應，更是憂慮。

她知道我的困境後，想也不想就拿出支票簿。

「你需要多少？一百萬？五十萬？足夠嗎？」

她雪中送炭的幫助，我真的很感動，亦衷心感激。本來，向其他人借錢這種事，我一直不願意做。或者，我已經很累了！

我為了籌錢，像瘋了一樣，更試過想賣掉母親的住所套現，我沒有想太多，只想套現。現在回想起來，或許當時

我真是沖昏了頭腦，沒有想過家人的感受。我當刻只是不惜一切代價，一心要醫好喬林。

那天，竟然遇見肯出手解決眼前困境的人，我就像脫難了。

於是，我對她說：「30 萬可以了！」

眼下必須解決的是 30 萬，就 30 萬吧，其他的容後再說。話未說完，夏太已扯下支票遞給我，也沒有要求我何時歸還。

夏太本來是我一個客戶，我幫她賣樓時認識的，我和她特別投契，有時也會憑藉自己多年的經驗，給她一些物業買賣的建議，久而久之，我們成為好朋友，她也很信任我。

後來，我套現了，馬上還錢給她，支票的銀碼我多寫了三千元作為利息。

夏太接過支票後一看，就把支票撕掉。

她的眼神帶著一點怪責，她淡淡的說：「我借給你 30 萬元，我只要你還 30 萬元，不要什麼利息，你要多謝我的話，請我吃飯可以了。」

夏太苦中送甜，不求回報的幫助，我是千恩萬謝，一世感激。

繪畫紓壓

喬林回家康復已經八個年頭了，雖然每天能看見喬林，我就很開心，但仍要面對經濟的壓力、面對四方八面說三道四，認為我不應將家財散盡去醫喬林的反對聲音。

如果不是有喬林，如果不是有兒女全力支持我，壓力早已把我踢出擂台。

我常對自己說：「佩芝，要撐著，你還要照顧喬林。」

我睡覺最警覺，只要聽到喬林稍微有點動靜，我就馬上起床觀看，所以我長期休息不足。

我的心不時會亂跳，胸口像有一塊大石壓著。

我去見醫生，醫生說是心律不正，要食通心臟血管藥，還要食安眠藥。有好一段時間，我都要看醫生，我愈想愈驚，我怕自己會比喬林先走一步，那誰來照顧他？

鑽牛角尖令我壓力更大，晚上已沒法入睡，我想這樣下去是不行的，於是，我決定去見心理醫生。

心理醫生認真勸導我，要放鬆自己。問我喜歡做什麼？喜歡就嘗試去做吧！我回答，小時候很喜歡畫畫。

醫生就說：「那就畫畫吧！去學畫畫啦，應該會對妳的情況有幫助。」

我開始習畫，先後跟隨三位老師，喬林知道我學畫畫，他見到我畫的畫，總是會豎起大拇指，嘴角微翹，我知他在笑，在誇我人靚，畫的畫也靚，我心裏甜絲絲的。

我發覺原來繪畫可以用筆畫出自己的心境，用顏色可以表達美好的願景。喬林看到我畫畫也開心，我一有時間就會畫一下。

喬林走了

苦苦支撐了十年，無論我和家人如何努力也好，天妒英才，2020 年，喬林終於忍心捨我而去了！

他離開之前的晚上，我坐在床沿跟他說這說那，不太願意嘮叨的他，眼神射出一種莫名的無奈，他微微瞇著的眼睛，配合嘴唇的動作，想說很多東西的樣子。

我逗著他說房子的事，說著說著，他睏了，我順手關燈就寢了。

那夜我輾轉反側，心緒不寧，就在陽光扎眼的一剎那，我跳下床，跑去握住喬林的手，一股涼氣直透心底...

月亮皎皎，只剩兔兒，吳剛的影像飛出了我的視線，幌幌惚惚的，只剩下兔兒和一棵樹，再沒有故事了，只有夢迴繚繞。我的主心骨被抽掉了，像一幢只有水泥外殼，沒有鋼筋的屋，沒有鋼筋，水泥也脆弱了。

我像掉進萬劫不復的深淵，沒有了喬林，再沒有人來拯救我，我的身體就像被深淵撕開，很痛很痛，但我又無力掙扎，我任由深淵把我吞噬。

日復日，我只癱軟在床，直至一天，我看著牆上我畫的畫，想起喬林對著那幅畫笑著。我在床上彈起，我不能再那樣，喬林不在，日子還是要過，喬林走了，兒女已傷心欲絕，我不想讓家人再為我擔心。

然後

舉辦畫展

我拿起畫筆，再次畫起畫來。

我要畫一條大橋，這道橋搭通了我和喬林兩個人的心靈，這道橋讓兔兒走向幸福。

我要畫一座樹林，樹木眾多，參差不齊，高高低低，良莠不齊，其中有一棵筆挺參天的大樹，剛勁實在，蔭庇著樹下的兔子和幼兔，直至它們成長，走向美好的日子。

我要畫花，美麗絢爛，繽紛的顏色一直陪伴著我。

我要畫海，無際的大海，就像喬林給我無盡的愛，浪花就像他對我的寵，包容，靜謐，廣闊的胸懷——喬林是大海，

我是浪頭的水花，點點滴滴，自我，喜歡自由發揮，寵壞了的浪花，只有無量大海才能包容。

我靠著畫畫，重拾我的生活，我要過得好。

我又培養了一個早上唸經的習慣，喬林還在的時候，我也有唸經，只是不是經常唸的，現在我每天唸經祈求世界和平，祈求家人安好，祈求各人身體健康，祈求病毒遠離人類、遠離動物，同時為家人和自己積福。

阿葹一直陪伴在身邊，她一有時間就會和我東逛西逛，有一次我們在一個名畫的拍賣會上，看見一幅畫作賣出天價，我還跟阿葹打趣說，或者我的畫也可以賣出好價。

2021年底，在阿葹的鼓勵和協助下，我在中環舉辦了第一次畫展，「思情畫展」。

首次以畫家的身份與各界好友共聚一堂，阿葹又帶了大批朋友前來支持，畫展的開幕禮熱鬧非常，我在現場忙著解說自己的畫作，朋友都誇我的作品甚有水平。我很開心我的作品竟能有那麼多人讚賞，加大了我繼續畫畫的動力。

折騰了好半天，開幕禮在熱鬧開心的氣氛下，曲終人散，完美結束。我和阿葹步出畫廊，原來已經黃昏了，橙黃色的餘暉灑滿兩旁的大廈，我站在路邊，感慨人生的美好。

阿葹挽著我的手，輕輕的說：「走吧！我們明天再來。」

嗯！明天又是新的一天，太陽的餘暉明天會變成旭日初升
的晨光。

陳佩芝畫作

陳佩芝畫作

兒流浪記
之一生傳奇

陳佩芝畫作

陳佩芝畫作

陳佩芝畫作

陳佩芝畫作

後
記

直到現在，我對喬林的思念仍是絲毫無減。阿葹為了分散我的注意力，所以，經常有意無意拉我上街。一天，阿葹帶我去香港書展逛逛，我從來沒有去過書展，因緣際會，認識了出版社的人，勾起了我出書的期盼。

我希望將我的故事寫成書，告訴現今香港的年輕人，不要妄自菲薄，如果有夢想，就要認定目標，不怕失敗，努力堅持。我雖然只有小學三年級的學歷，可是我從不自卑，從不放棄，我向著自己的目標努力，擁抱自己的夢想，終於成功創立了自己的事業。我更希望將我一生至愛，我永遠懷念的丈夫——喬林和我的戀愛故事記錄下來，讓讀者見證我們的愛戀，讓歷史記錄我倆至死不渝的愛情故事。

兒流浪記
之一生傳奇

謹以此書獻給我的至愛